U0605332

古今名联三百副

刘志民 编著

阅尽人间春色；读遍世上奇书。
一本联书在手；尽览天下名联。

黑龙江人民出版社

序　言

　　对联,口语称对子,因为富贵人家常常把它贴挂在厅堂前的楹柱上,所以又叫楹联。由于中国汉语的特点,使楹联成为中国独有的语言艺术,被称为"诗中之诗"。

　　清代著名楹联家梁章钜(1775—1849)在《楹联丛话》卷首云:对联以五代后蜀孟昶"新年纳余庆,佳节号长春"为最早。其实还有更早的。如成于春秋时代的《诗经·采薇》:昔我往矣,杨柳依依;今我来思,雨雪霏霏。《后汉书卷一百·孔融(153—208)传》:"宾客日盈,其门常叹曰:座上客常满,樽中酒不空。吾无忧矣。"《晋书卷五十四·陆云》中陆云(字士龙)、荀隐(字鸣鹤)联:"日下荀鸣鹤;云中陆士龙。"这三副对联有重要史料价值。

　　一般认为,对联脱胎于律诗,与律诗中的颈联和颔联特点相似,即上下两句,字数相等,上下两句相对的位置要对仗,平仄相反,上联尾字仄结、下联尾字平收。如杜甫《绝句》的对仗:

两　　个　黄　鹂　鸣　　翠柳,
(数量词)　(名词)　(动词)　(名词)
一　　行　白　鹭　上　　青天。
(数量词)　(名词)　(动词)　(名词)
　窗　含　西岭　千秋　雪,
(名词)(动词)(名词)(数量词)(名词)
　门　泊　东吴　万里　船。
(名词)(动词)(名词)(数量词)(名词)

这首诗上下句名词对名词,动词对动词,形容词对形容词,数量词对数量词,且颜色对颜色,方位对方位。对仗、平仄非常工整。

为了得到解放,还有这样一种变格对偶形式:

志在高山,志在流水;

一客荷樵,一客听琴。(武汉伯牙琴台联)

允许有规律地重字,如该联中的"志在""一客",不得无规律地重字。

还有一种情况:上联与下联相对位置词性不同,但上下联前后可以各自成对。这是变格的宽对,也是对正格的一种解放。如广州"大同酒家"的嵌字联:

大包易卖,大钱难捞,针鼻削铁,只向微中取利;

同父来少,同子来多,檐前滴水,几曾见过倒流。

上下联前后各自相对,即"大包易卖"对"大钱难捞";"同父来少"对"同子来多"。这种上下联不对仗、结构形式不一样的对法,古今名联中普遍使用,例子俯拾皆是。

自对就是上下联前后各自为对。除了句中的词语自对外,多句联中还有句与句对的形式,使楹联的对仗形式更加多样化,变化无穷。在短联中以词语自对者居多,其自对的字数也没有限制。

如杭州西湖岳飞墓联:

正邪自古同冰炭;

毁誉于今判伪真。

"正邪"与"毁誉","冰炭"与"伪真"词性不同,虚实有别。

自对摆脱了一般楹联对仗的束缚,使楹联更富于变化,更多样化。各自为对,不但下联可以不顾上联(也可上联不顾下联)的词性和结构,只要上下联在相同的位置上以相同的字数、句数自对即可。它突破了对联上下联对仗的最主要特点,大大地拓宽了对联这种语言艺术形式的创作渠道,为楹联的创作带来更多的自由和灵活,使楹联创作的道路更加宽广,是楹联又一种大解放。谷向阳、刘太品《对联入门》，梁羽生《名联观止》中讲得很清楚。这对于那些只强调楹联传统形式对仗的专家，是一沉重打击。而对联和其他诗文一样，首先应看重内容、立意。这样才能把它从"雕虫小技""文字游戏"的坏印象中解放出来，使它得到更大的发展。

所谓平仄，就是古代语言声调中"平、上、去、入"四声中的平声和仄声。"平"即平声字（用"—"代替）。"上、去、入"为仄声字（用"｜"代替）。于是，五言对联的平起式和仄起式就是：

仄起式：｜　｜—　—｜；　平起式：—　—　—　｜｜；

　　　　—　—｜　｜—。　　　　　｜　｜　｜　—　—。

七言平起式就应有如下一般形式：

—　—｜｜—　—｜；

｜　｜—　—｜｜—。

一般处于双数位置的字属于音节点。

为了减少束缚，得到解放，七言律诗中又有"一三五不论，二四六分明"之说（不尽然）。七言联中，上下联第一三五字可不讲究平仄，第二四六字必须平仄相反。

新四声演变为"阴平、阳平，上声、去声"。在北方古入声字已基本转入前三声中。"阴平、阳平"（现代汉语中的一二声）即平声；"上声、去声"（现代汉语中的三四声）即仄声。古今四声不可混用。

对联有"六忌"，即"合掌"（上下联完全同意义），"重字"（一联中同一字不规律地重复出现），"失替"（本句中连续两个声调没有交替），"失对"（上下联相对仗的两个音步同一个声调），"三同调"（句尾连用3个以上仄声或平声），"孤平、孤仄"（一句中全平声或全仄声）。完全符合以上联律的佳联并不多见。相反，不完全符合联律的佳联却很多。如：中华民国万岁；

袁世凯　千古。

此联正是利用字数不等,暗表袁世凯对不起民国。可是,字数不同,也就谈不上对仗。

又如:东不管,西不管,酒管;

　　　兴也罢,亡也罢,喝罢。

此联不对仗,尾字全仄声。

唐代律诗要求很严。不能重字,颔联、颈联必须对仗。而被称为唐人七律第一的崔颢的《黄鹤楼》,既多重字,又不对仗。

还有许许多多的不完全合律的好诗联,不胜枚举。

一个例外足以不容争辩地反驳任何自封的规律或一般命题。特殊与普遍连接,一事物包含着特殊和普遍。可见,对联千变万化,奥妙无穷,丰富多彩。古诗从来就没有谁给定"规矩"。联律也是根据民间和联家创作而总结出来的。

苏东坡说:"我书臆造本无法,点画信手烦推求。"有法而不为法所缚,不过分强调法。李白、苏轼都不斤斤于分音列谱。曹雪芹借黛玉之口说:"既学作诗,什么难事,也值得去学,不过是起承转合。若是有了奇句,连平仄、虚实不对都使得的。只要词句新奇为上。词句究竟还是末事,第一是立意要紧。若意趣真了,连词句不用修饰,自是好的。这叫做不以词害意。"

文无定法,法有定律,律又常变。宪法常修改,文学形式也常变。"世外人法无定法,然后知非法法也。"(何元普四川宝光寺联)

我说这些,不是说作联不要联律,而是说不应过分强调联律,而应多重视立意,重视思想性和内容的厚重。对联不同于诗词,不是专属于文人的艺术,也是大众的艺术。作者越来越大众化,语言也更趋于口语化。昔日文人爱用的嵌名、集句、析字和用典等手法,今日已大减,不常见了。对仗和平仄的要求也放宽了。更加注重表情达意。宽联更有宽路。路应越走越宽,而不应越走越窄。

一味追求趣巧,不求言之有物,路越走越窄,走进死胡同,就没前途、没发展了。只求合律,千篇一律,何以创新？都按《诗经》写,怎么能产生五、七言诗和楚辞？都按律诗写怎么能产生宋词、元曲？都按唐诗、宋词写,怎么能产生白话新诗？当然,对联,毕竟是对联。汽车在公路上跑,才有自由;火车在钢轨上跑,才有自由。如果相反,就都失去了自由,也就不成其为汽车和火车了。

不设樊篱,恐风月被他拘束;

大开户牖,放江山入我襟怀。(朱彝尊嘉兴山晓阁联)

唐代律诗主要有五言、七言两种。对联也以五、七、十一言这3种为其主体。长联兼具唐诗、宋词和汉赋之长,可谓古代韵文中最完美的文学样式。

对联用途非常广泛,千家万户、各行各业都用得着。春联、名胜风景联、行业联、格言联、红白喜事联……应有尽有。

近30多年出现了"对联热"。而且,犹如古代一样,进入中小学语文课本,并走进中考、高考试题。因此,中学生很有学会写对联的必要。请看高考对联试题:

1.1931年清华大学最早的高考对联试题

孙行者;胡适之(祖冲之)。

2.北京大学自主招生对联试题(祝"神舟五号"发射成功,上半联是试题,下半联是参考答案)

九天揽月,华夏英豪驰宇宙;(应对要求与时事相关)

三峡截流,神州盛事壮山河。(考生对"三峡工程"截流)

3.全国卷,河北、河南、山东、安徽等省用试题(选2题):

(1)扫千年旧习;开百代新风。

(2)冬去春来,千条杨柳迎风绿;

夏归秋至,万种稼穑向日黄。

4．全国卷，上海、四川、黑龙江等省、市用试题(选2题)：

(1)春晖盈大地；冬雪被山河。

(2)国兴旺，家兴旺，国家兴旺；

龙飞腾，凤飞腾，龙凤飞腾。

5．全国卷，陕西、广西、内蒙古、海南等所用试题(选4题)：

(1)满园春色好；神州面貌新。

(2)爆竹声声，旧风俗旧习惯随旧岁离去；

春风习习，新思想新气象伴新春到来。

(3)一代园丁乐；九州桃李荣。

(4)东风送暖大江南北春光好；

雨露滋润长城内外气象新。

楹联家常江收集的古今对联书目有3600多种，其中清以前的528种。这么多书，无论对联爱好者还是研究者都没有必要全读。因为这些联书良莠不齐，只能选择阅读，看有代表性的好的对联选本。

我是对联爱好者。如果我读的一本对联书中包括了所有的好对联，那么，其他许多对联书我就可以不买、不读了。既节省了许多买书钱，又节约了许多读书时间。何其好也！那么，可不可以把我抄录的佳联妙对编辑成一本联书出版，使其他对联爱好者读之，节省许多书钱和许多时间呢？用最少的钱买最好的联书，用最少的时间读完最好的对联——这就是我编选此书所希望的。于是，我把自己所读的对联书中认为好的联语记录下来，并做了简要评注。

集古今妙对为一册，观中华联艺于瞬间；一本联书在手，尽览天下名联。但做到一书集千载之佳联，收百家之妙对，又何其难也！

博览群书才提笔，游遍众岳再评山。首先，要做到眼界宽。看到好联没选入，是因为鉴赏能力低；因读书少，好联未看到、未选入，是因为懒。我确信勤能补拙。我读了百余种联书，从中选出约

300副佳联，辑为《古今名联三百副》。

文章千古事，得失寸心知。从百余种联书、十几万副对联中选出这些佳联来，是沙里淘金、大海捞针的工作。历时十余年，三易书稿，多次润色，其中甘苦我自知矣。

眼界宽窄和眼力高低之外，还有一个选联标准问题。

我力图博采众长，集联书之大成。或不能至，心向往之。而我所读过的百余种联书多有错误。"大全"不全，类编不类。一是选联不当，泥沙俱下。有文字趣味而内容空虚的联语太多。轻薄取巧者多，厚重有思想的少。二是重复较多。有的联书一联重复三四次。三是不重视联作者，不标明、介绍作者或把作者写错。四是注释和评议上的错误。吾尽力避免之。

在选联内容上，重立意，也注意联律；风格上，豪放与婉约兼收；语言上，通俗与典雅并选。思想性、艺术性和趣味性兼顾，尤其注意其人民性，还兼顾全面性。尽量选择有代表性的佳联，还收集了一些民间佳联，竭力使读者能看到古今好联的全貌。

诗言志，文载道。以质为主，文质兼顾。古今联作中确有许多对联给读者以文字游戏、雕虫小技之印象。有一类对联多为给帝王将相歌功颂德，如大部分应制类、挽联、寿联。本书尽力避免选入这类对联。或只选入一二副有代表性的。收联较多的是名胜联、讽刺联、格言联、行业联、题赠联和春联。比较而言，这几类联好的更多。

话能通俗方传远，语必关风始动人。选联力求通俗易懂。力戒文人学究气，推播大众俗雅风。

海到无边天作岸；山登绝顶我为峰。泛舟联海，终达彼岸。有如经过阵痛后生下爱婴的产妇，既有剧痛后的欣慰，又有辛劳后的疲惫。佳联妙对尽收我卷中否？只应由读者品评才算数。经得起

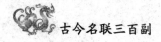

读者和时间检验的书才是好书。

　　我恳请广大读者指出错误,推荐佳联,以便如再版时增删、修改,使其日臻完善,令更多的读者满意。

　　　　　　　　　　　　刘志民(中国楹联学会会员)
　　　　　　　　　　　　2008年8月于北京芍药居

目　录

四 言

1.一元复始;万象更新。横批:欣欣向荣

这是一副传统通用春联。

上联,"一"是数之始;又指全部、一概。《老子》云:"道生一,一生二,二生三,三生万物。""元",开始、第一;为首的,如:状元、元帅。古代哲学概念,指天地万物的本原。上联意为,新的一年到来,一切都将重新开始。一年之计在于春。万事开头难。良好的开端是成功的一半。下联,万象,宇宙间的一切事物或现象。如:包罗万象。更,改变。下联意为,一切都该出现一番新的气象。

此联言简意赅,充满积极向上的精神,给人们增添了许多吉祥喜庆的气氛,明快自然,民间至今常用不衰。

朱熹题福建建阳沧州精舍联:一元复始;万象回春。

2.二三四五;六七八九。横批:南北

吕蒙正(944—1011)字圣功,河南洛阳人。太平兴国进士。曾三次任宰相,以敢言著称。太宗夸京城繁盛,他即指出城外饥寒而死者甚多。后辞官回乡。此为藏字联。

据传,吕蒙正少年丧父失母,家境贫寒。到了年关,家里一贫如洗。于是贴出此联。意为:缺一(衣),少十(食),没有东西。他经过10年的艰苦耕读,进京应试,得中状元。该联以联内缺字和所缺字的同音字显示联意,新颖巧妙,幽默之中寓含辛酸内容。

又有明代解开联:甲乙丙□;□丑寅卯。

古代用"甲乙丙丁,戊己庚辛壬癸"做表示次序的符号。以甲

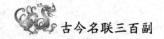

乙丙丁为第一层次。这里"甲乙丙□",缺"丁"(人口)字。古代用"子丑寅卯、辰巳午未、申酉戌亥"十二地支记12时辰。以"子丑寅卯"为第一个层次。这里"□丑寅卯",缺"子"(儿女)字。古人讲"不孝有三,无后为大。"此家缺丁少子,人丁不旺。

3. 大胆假设;小心求证。

胡适(1891—1962)字适之,安徽绩溪人。1910年赴美国学习,是实用主义哲学家杜威的学生。1917年回国,任北京大学教授。提倡文学改革,为当时新文化运动的著名人物。提出此研究方法,对学术界很有影响。1931年后,支持蒋介石的反动政策,主张"全盘西化"。1946年任北京大学校长。1948年去美国,后去台湾。著有《中国哲学史大纲》(上卷)、《白话文学史》《胡适文存》。此联出自1921年写的《清代学者的治学方法》。胡适于其中云:这两句话是讲治学方法的简单扼要的话。要大胆地提出假设,但这种假设还得想法子证明。所以小心求证。要想法子证实假设或者否定假设,比大胆的假设更重要。

研究学问要思路开阔,视野宽广,敢于设想和想象,才能立意高远,利于创新。但在求证落实的时候,则要认真仔细,系统周密,小心翼翼,不可粗心大意、马虎从事。如此,才能不出大错,获得真理,取得成功。洛克菲勒(1839—1937)有言:大胆筹划,小心实施。

胡适去世后,有人挽云:

> 胡复何言,当年假设太大胆;
>
> 适可而止,来生求证要小心。

4. 绳锯木断;水滴石穿。

毛泽东(1893—1976)字润之,湖南湘潭人。中华人民共和国的主要缔造者之一。伟大的革命家、政治家、军事家、思想家、诗人。1921年7月参加党的"一大"，1933年1月当选中央政治局委员；1935年1月遵义会议当选中央书记处书记，10月当选中共中央军委主席；1943年3月当选中共中央主席、中央政治局主席。毛泽东把马列主义与中国实际相结合，创造了毛泽东思想。他在《〈共产党人〉发刊词》中说，民主革命的三大法宝是统一战线、武装斗争、党的建设。《关于建国以来党的若干历史问题的决议》说：毛泽东思想活的灵魂有三个基本方面，即"群众路线、实事求是和独立自主。"著作出版有《毛泽东选集》(1926—1956)5卷、《毛泽东文集》8卷、《建国以来毛泽东文稿》(1949—1976)13卷。无全集。

这是毛泽东题赠给堂妹毛泽建的一副对联。

荀子《劝学》："锲而不舍，金石可镂；锲而舍之，朽木不折。"

枚乘《上书谏吴王》："太山之霤(liu 水滴)穿石，殚极之綹(dan 丝带)断干。水非石之钻，索非木之锯，渐靡使之然也。"

宋罗大经《鹤林玉露·一钱斩吏》："一日一钱，千日千钱；绳锯木断，水滴石穿。"讲初次贪赃虽少，日久必多。

毛泽东将此独立成章，已完全改变原立意。他以此联激励堂妹持之以恒，以锲而不舍的精神发奋读书，学有所成，将来报效祖国。不仅学习如此，凡事只要有恒心、有毅力，坚持到底，难关总是可以攻破的。联语通俗形象地道出了积量变为质变的哲理。犹如"星星之火，可以燎原。"只要功夫深，铁棒磨成针。有愚公移山、精卫填海的精神，何事不成呢！

5. 柔中有刚；绵里藏针。

这是毛泽东说给邓小平的。邓小平(1904—1997)建国前，历任中共中央秘书长、第二野战军政委和淮海战役总前委书记。建国后,先后任中共中央副主席、国务院副总理、中央总书记。1978年后,任全国政协主席、中央军委主席、中央顾问委员会主任。他是中国"文革"后改革开放与现代化建设的总设计师,邓小平理论主要创立者。

"文化大革命"中,邓小平受到批判。1971年他恢复国务院第一副总理。在12月12日中央政治局会议上,毛泽东对邓小平说:"我送你两句话,叫做'柔中有刚,绵里藏针。'外面和气一点,内部是钢铁公司。"上联,柔软中包含着刚强;下联,绵软的丝绵中隐藏着坚硬的钢针。既要有坚定正确的方向,又要有灵活的策略和方法。如马克思所说,实质上坚决,形式上温和。

有联云:气忌躁,言忌浮,才忌露,学忌满;
　　　　胆愈大,心愈细;智愈圆,行愈方。

老子曰:"大直若屈,大巧若拙。"大智若愚。咬人的狗不露齿。有心计者,韬光养晦,不锋芒毕露。《易·系辞》:"刚柔相推,而生变化。"《老子》:"见小曰明,守柔曰强。"绵里针,比喻外貌和善,内心刻薄。石君宝《曲江池》第二折:"笑里刀剐皮割肉,绵里针剔髓挑筋"。《罗隐集校注·谗书·妇人之仁》:"妇人之仁也,外柔而内狡,气阴而志忍。非狡与忍,则无以成大名。无他,柔弱之理然也。"气阴,气质偏阴。志忍,志气宏伟而内涵不露。遇事要冷静、清醒,当刚则刚,当柔则柔,刚柔并济,不能一味地刚或一味地柔。

6.政从正起;财自才来。

余柏茂,当代人。广州市培英中学教师。

《论语·颜渊》:"政者,正也。子帅以正,孰敢不正?"《论语·子路》:"子曰:其身正,不令而行;其身不正,虽令不从。""不能正其身,如正人何?"正人先正己,未有己不正能正人者。《孟子·滕文

公》："上有所好者,下必有甚者矣。"上梁不正下梁歪。多有为官者
因溺于利欲而不能正也。

此联从大处着笔,深中肯綮。作者妙用形声字与形声字的声
部字,表达了深刻的内容。上联"政"与"正"同音,而"正"又是"政"
的声部。下联"财"与"才"同音,"才"又是"财"的声部。上联从
"政"字的字形和字义上加以分析和引申,阐明了政府机关最重要
的就是从"正"做起。主题重大。

诺贝尔经济学奖获得者缪尔达尔说,有些不发达国家权力掌
握在一些特权集团手中。这些集团考虑的主要是自身的发财致
富,而不是整个国家的发展。为了发展得顺利,首先要改革这种权
力关系,把权力从这些上层集团转到下层大众手里。必须铲除这
些政中不正。

下联阐述财与才的关系。强调社会财富要靠人才来创造,阐
明人才对经济发展的重要性。万个庸兵易得,一个将才难求。治
政若正能兴国;理财有才可富邦。联语言简意赅,切中要害。

7.经纶天下;衣被苍生。

张之洞(1837—1909)字孝达,号香涛,河北南皮人。清末洋务
派首领。1889年任湖广总督,开办汉阳铁厂和湖北枪炮厂,设立织
布、纺纱、缫丝、制麻四局,筹办卢汉铁路。此为织布局联。

上联"经纶"意为整理丝缕,理出丝绪,编丝成绳,引申为筹划、
治理国家。《礼记·中庸》:"惟天下至诚为能经纶天下之大经。"下联
"衣被"做动词,比喻加惠于天下。《文心雕龙·辩骚》:"其衣被词人,
非一代也。"苍生,本指生草木处,后借指百姓。《晋书·谢安传》:
"……将如苍生何"只用8个字,就写出织布行业特点,表现出此行
业在国计民生中的重要地位。又一语双关,引申为作者有治国安

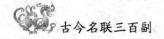

民的大志。经纶,也比喻规划、管理政治的才能,如满腹经纶。辛弃疾《水龙吟》:"渡江天马南来,几人真是经纶手。"

此联从大处立意,小处写起;借题发挥,一语双关;语言精练,贴切自然,用语典雅,含义深远。

8.肩担日月;手转乾坤。

解缙(1369—1415)字大绅,江西吉水人。洪武进士。授中书庶吉士,上万言书,批评太祖政令屡改、杀戮太多等事。罢官8年再出仕。主编《永乐大典》。以"无人臣礼"罪下狱,后被杀。著有《文毅集》《春雨杂述》。

据说,解缙父母以做豆腐谋生。父日夜挑水,日、月映于水桶中,如担日月。或喻卖豆腐:担子前后挑黄、白两种豆腐,黄喻月,白如日。下联,母亲在家转磨,磨豆腐。磨有上下两扇,喻为乾坤(即天、地)。

有异文:严父肩担日月;慈母手转乾坤。又:一肩担日月;双手转乾坤。此联气势非凡,比喻生动,又有童趣。

9.民国万税;天下太贫。

刘师亮(1876—1939)原名芹丰,四川内江人,晚号谐庐,著名讽刺大师。1929年创办《师亮随刊》。有《师亮谐稿》《师亮对联》。

有人粉饰当时社会,作"民国万岁;天下太平"联。辛亥革命后,建立中华民国,改"皇帝万岁"为"民国万岁"。民众以为可以享受"天下太平"了。事实上,军阀混战,苛税重赋,依然民不聊生。他借成都方言"岁""税""平""贫"的谐音,改二字,变赞颂语为讽刺句。民国政府税太多,天下百姓太贫。针对时政,入木三分,讽刺辛辣。反映了社会的黑暗,表达了民众的心声,不愧讽刺幽默大师之誉。

10.浮舟沧海;立马昆仑。

周恩来(1898—1976)字翔宇,曾用名飞飞、伍豪,江苏淮安人。党和国家卓越领导人。先后留学日本、法国、德国。1927年3月,他领导上海工人第三次武装起义胜利;8月1日,又领导八一南昌起义。党的六大后,任党中央政治局委员、组织部长、军委书记、中央副主席,与毛泽东指挥领导长征、抗日战争、解放战争。新中国成立后,历任外交部部长、国务院总理、政协主席等。"文革"中排除各种阻力,主持党和国家的领导工作。他在人民中享有崇高的威望。

此为周恩来书赠赴日本留学的同学王朴山的对联。

沧海,大海,古代对东海的别称。昆仑,古人传说的神山。又指广大无垠貌。《太玄·中》:"昆仑磅礴,思之贞也。"司马光注:"昆仑者,天象之大也。"昆仑山,我国最长的山脉,西起帕米尔高原,横贯新疆、西藏,东入青海境内。长约2500千米,最高峰7700多米。此处似指伟大的祖国。

此联寄语好友浮舟东海——去日本留学,愿其学有所成,期望归来之后,以"立马昆仑"之势,为防御外侮、振兴祖国而做出贡献。

联语气势恢宏,慷慨激昂,表达了一往无前报效祖国的爱国精神。

11.闻鸡起舞;跃马争春。

1981年春节,《羊城晚报》举办自撰形式的征联。这是几十年来,较早的一次大规模征联活动。在1个月内,应征作品6万余副,选出16副优秀应征对联,这是其中之一。作者:童璞,获一等奖。

《晋书·祖逖传》:东晋名将祖逖"与司空刘琨俱为司州主簿,情好绸缪,共被同寝。中夜闻荒鸡鸣……因起舞。"荒鸡,半夜啼叫的鸡。刘琨和祖逖常常相互勉励振作,所以,听到鸡鸣而起床舞剑。

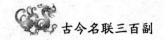

后以"闻鸡起舞"比喻志士及时奋发。

下联:跃,跳。如:跃跃欲试。在春天的大好时光里,扬鞭跃马,抓住良机,大显身手,以只争朝夕的精神,为国家建功立业。跃马争春,奔腾跃进。

此联命题积极,催人奋进,言简意深,鼓舞人心,各业皆适用。

12.兼听则明;偏信则暗。

东汉哲学家王符,讥评时政得失,揭露豪强地主的贪婪和强暴。提出农桑为富国之本的主张。其著作《潜夫论·明闇》云:"君之所以明者,兼听也;其所以闇者,偏信也。"

唐朝魏征(580—643)少时孤贫落拓,出家为道士。参加瓦岗军,败而降唐。太宗时为谏议大夫。劝太宗以隋亡为鉴,"居安思危,戒奢以俭","任贤受谏"。将王符之言概括为此八字。听取各方面意见,全面了解情况,才能明辨是非。只听一方面,必然造成错误的判断。

13.问花笑谁? 听鸟说甚?

这是云南昆明西山三清阁的一副佚名联。上联以拟人和设问手法,用一"笑"字,使人如见花的盛开之态,也使人感受到了蕊香花妍之趣,表达了作者爽朗愉悦的心情。下联也以拟人和设问手法,用一"说"字,生动地描绘出鸟的鸣叫声。上下联均用设问,给人留下充分的想象余地。仅8字,寺内外鸟语花妍、林静山幽之景已尽在其中。

1.人民为主宰;科学是救星。

冯玉祥(1882—1948)字焕章,安徽巢县人。曾任北洋陆军师长,陕西、河南督军和陆军检阅使等职。1924年发动北京政变,改所部为国民军,任总司令兼第一军军长。1936年任南京国民党政府军事委员会副委员长。与中国共产党合作,反蒋抗日。1946年出国考察水利。1948年9月回国途中在黑海因轮船失火遇难。著有《我的生活》。

此联为冯将军赠陆慕德联。陆慕德,美国人,她在中国26年。1943年回国后,宣传中国人民解放运动,介绍亚洲民族独立斗争。

主宰,掌握、支配。此指处于支配地位的人或事。上联讲,人民主宰着社会和历史的发展方向和进程。即是说,人民是历史的创造者。人民是上帝;群众真英雄。

救星,比喻帮助人民脱离苦难的个人。这里指推动人类社会进步的伟大力量。马克思说,科学技术是生产力。邓小平说,科学技术是第一生产力。科学技术的进步,能迅速提高劳动生产率,是推动生产力发展的巨大动力。作为20世纪一位旧军人,能有如此先进认识,难能可贵。实为真知灼见。

2.大泽龙方蛰;中原鹿正肥。

谭嗣同北京浏阳会馆莽苍苍斋联:大陆龙方蛰;中原鹿正肥。

姚雪垠《李自成》说此联为牛金星撰。《左传·襄公二十一年》:"深山大泽,实生龙虎。"《易·系辞》:"龙蛇之蛰,以存身也。"

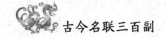

蛰,蛰伏蛰居,动物冬眠,潜伏起来,不食不动。上联把李自成比作蛰居大泽、正待腾飞的潜龙,暗示李自成必将成就帝王大业。

下联见《汉书·蒯通传》:"秦失其鹿,天下共逐之。"河南地处九州中心,乃兵家必争之地。要李自成出兵商洛山,开辟中原根据地,逐鹿中原,达到蛰龙腾飞的目的。

下联,中原,指黄河中下游地区,包括河南、山东、河北、山西大部分。鹿,以在中原追逐野鹿比喻争夺天下。

此联上下贯通,浑然一体;抓住要点,高度概括;主题突出,大气磅礴。黎元洪有此春联,见易宗夔《新世说》。

3.三思方举步;百折不回头。

《论语·公冶长》:"三思而后行。"《孟子·告子》:"心之官则思。思则得之,不思则不得也。"

做事不能莽撞、轻率地决定,要三思而后行。要科学地测定其可行性,做好充分准备,然后再行动。另外,一旦决定下来,就要充满信心,坚决实行,绝不动摇。不能轻易放弃。开弓没有回头箭。遇到挫折就后退,半途而废,永远做不成大事。坚持未必成功,放弃只能失败。多想出智慧,勤学长知识。科学预测,慎重决策;一旦实行,坚持到底。不达目的,誓不罢休!

4.三强韩、魏、赵;九章勾、股、弦。

华罗庚(1910—1985),江苏金坛人。1924年在金坛中学毕业后,因家贫而辍学,坚持刻苦自学。1946年任美国普林斯顿数学研究所研究员、普林斯顿大学教授;1948年被选为美国中央研究院院士。1950年归国,任清华大学数学系主任、中国科学院研究员、数学所所长、中科院副院长。1984年当选为美国科学院外籍院士。

他是中国数学多方面研究的开拓者,世界名列前茅的数学家之一。是中国最早把数学理论和生产实践紧密结合并做出巨大贡献的科学家。

1953年中国科学院组团出国考察。团员有钱三强、华罗庚、赵九章、吕叔湘等。华罗庚出上联,无人能对出。华又思索片刻,自对出下联。上联,"三强",既是指春秋时期的3个强国韩、魏、赵,又是团长钱三强的名字。"九章"是我国古代"算经十书"中最重要的一种《九章算术》。它系统总结了我国从先秦到东汉的数学成就。全书九章,包括勾股定理的应用。"九章"又是赵九章的名字。一联十字,既有历史、数学知识,又嵌进了在场的两位科学家的名字。构思巧妙,信息量大,不逊古人。

5.天地入胸臆;文章生风雷。

吕留良(1629—1683),初名光轮,字用晦,号晚村。浙江桐乡人,明清之际思想家。与黄宗羲相识。明亡,散家财结客,图谋反清复明,备尝艰苦。事败,家居授徒。清廷举博学鸿词,他誓死拒荐。后削发为僧。雍正时被剖棺戮尸。著作被焚,民间犹有流传。有《吕晚村文集》《东庄吟稿》等。

孟郊《赠郑夫子鲂》:"天地入胸臆,吁嗟生风雷。文章得其微,物象由我裁。宋玉逞大句,李白飞狂才……"前四句意为:天地可纳入胸怀,慨叹可生风雷;文章要得其微妙,物象由我尽情裁夺。联作者把孟诗中"吁嗟"用"文章"取代,使不对仗句改成对仗的联句。胸臆:心胸,胸怀。陆机《文赋》:"思风发于胸臆,言泉流于唇齿。"杜甫《别赞上人》:"异县逢旧友,初欣写胸臆。"下联,风雷:风暴、雷鸣。龚自珍:"九州生气恃风雷,万马齐喑究可哀。"

此联可谓横空盘硬语,天葩吐奇芬;心放出天地,笔补造化功。

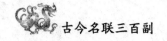

联语表现出作者宽广的胸怀和非凡的气魄。联如其人。

6.铁肩担道义;辣手著文章。

杨继盛(1516—1555)字仲芳,号椒山,河北容城人。嘉靖二十六年进士,任刑部员外郎,以劾大将军仇鸾误国被贬官。复官后,又上疏弹劾严嵩十大罪状,下狱3年后被杀。著作有《杨忠愍集》。此为杨继盛就义前书于狱壁上的五言律诗中的联句。悬于北京宣武门外松筠庵杨继盛故居。

铁肩,比喻勇于承担道德义理重任的强者。辣手,狠辣的手段。章炳麟《新方言·释言》:"今人谓从事刚严猛烈者为辣手,辣之言厉也。"郑板桥《与丹翁书》:"千古好文章,只是即景即情,得事得理,固不必引经断律,称为辣手也。"上联以铁形容肩,表现了肩负正义、威武不屈的精神。下联以辣形容手,表现了针砭时弊、冒死疏谏的襟怀和胆识。

此联慷慨激昂,气势恢宏,令人精神振奋。我国最早的马克思主义者李大钊曾改一字,书"铁肩担道义;妙手著文章"置于座右。1916年李大钊留日回国在所办《晨钟报》上印有此联。

7.但愿人皆健;何妨我独贫。

程道州,清代名医。他以热心助人、廉洁无私赢得百姓的赞誉。

人人都健康,必然导致医生无病人可诊。作者无白居易《卖炭翁》中"心忧炭贱愿天寒"之念,而有杜甫"吾庐独破受冻死亦足"之心。难能可贵。10字道出他无私的善良为人、医德高尚。

在"每个人对全体和全体对每个人的战争"的社会里,利害冲突随时随处可见。有公而忘私者,也有见利忘义者;有损人利己者,更有损人不利己者。

有联曰:但愿世间人无病;哪怕架上药落尘。

8.国以民为本;人以食为天。

《书·五子之歌》:"民惟邦本,本固邦宁"。《孟子·尽心》:"民为贵,社稷次之,君为轻。"《战国策·齐策》赵威后问齐使:"苟无岁何以有民?苟无民何以有君?"《汉书·郦食其传》:"王者以民为天,而民以食为天"。贾谊《新书·大政》:"闻之于政也,民无不为本也。国以为本,君以为本,吏以为本。"《三国志·蜀书·先主传》:"夫济大事必以人为本。"《太平御览》引《礼记外传》:"国以民为本,人以食为天。"朱熹:"国以民为本,社稷亦为民而立,又系于二者之存亡,故其轻重如此。"人民不是靠统治者生存,而是统治者靠人民生存。

世界上吃饭问题最大。人要想生存就得吃饭。只有解决吃饭问题之后,才能从事各种社会活动。没有饭吃,不能生存,人们就会造反,社会就可能发生变革。李大钊说,饥饿是变革的原动力。

9.楼观沧海日;门对浙江潮。

骆宾王(约638—?),浙江义乌人、"初唐四杰"之一。随徐敬业起兵,反对武则天。兵败后下落不明,或说为僧。曾作《为徐敬业讨武照檄》,武则天见之,有"宰相安得失此人"之叹。清代有陈熙晋《骆临海集笔注》。杭州北高峰韬光寺观海亭有此联。唐宋之问《灵隐寺》诗中有此联句。

据传,骆宾王与徐敬业起兵失败后,隐居灵隐寺。一日,宋之问游灵隐寺,吟出"岭边树色含风冷",难续下句。一老僧信口对出"石上泉声带雨秋"。宋又请教。老僧吟出"楼观沧海日,门对浙江潮"。宋写诗纳入之。老僧就是骆宾王。

登上高楼,远望茫茫大海,一轮蓬勃旭日喷薄而出,这是何等

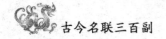

壮阔的景象！开门即可见到声如霹雳轰鸣，势如万马奔腾的钱塘江的大潮，波澜壮阔，这是何等的气魄！仅10字，就生动地描绘出一派旭日、大海、高潮的壮丽景象。

10.天高皇帝远；民少相公多。

明代黄溥《闲中今古录》："'天高皇帝远，民少相公多。一日三遍打，不反待如何？'由是谋反者各起。"上联说，在偏僻地方没正常管理，上有政策，下有对策，中央正确政策得不到落实。地方官不受约束，胡作非为。相公，古称宰相为相公。顾炎武《日知录》卷二十四："前代拜相者必封公，故称之曰相公。"此代指地方官。下联说地方官太多，应精兵简政，少搜刮民财，可减轻人民负担。毛泽东说："治国就是治吏。礼义廉耻，国之四维。四维不张，国之不国。"

11.辽海吞边月；长城锁乱山。

萧诗，字中素，华亭人。隐于木工，博学善诗，从学者甚众，而执艺事如故。其警句云：辽海吞边月，长城锁乱山。(见王士祯《渔洋诗话》中卷)

据说是北京昌平居庸关联(不知所据)。关在北京去八达岭长城的路上。辽海，泛指辽河流域广大地区。边，边塞。登高远眺：一轮晓月缓缓西沉，终于没入辽河的水中，有如辽海吞月。上联一个"吞"字，把广阔的辽海人格化、形象化。在层峦叠嶂中，雄伟的长城翻越过绵延不断的群山，有如一条长长的锁链锁住群山。下联一个"锁"字，更显出长城之长。吞、锁二动词的运用，一字千钧，气势磅礴，形象而又传神地表现出边塞广袤苍凉的景象和长城的巍峨雄壮。

用字精当，比拟贴切，生动形象，气势豪迈。

但是，从历史上看，长城没有挡住蒙古骑兵和清军入关。因此，才有反元复宋、反清复明的斗争。毛泽东说："秦始皇的万里长城没多大用处。"孟子曰："域民不以封疆之界，固国不以山溪之险，威天下不以兵革之利。"

12. 海为龙世界；天是鹤家乡。

邓石如(1743—1805)，原名琰，号完白山人，安徽怀宁人。清书法篆刻家，有《完白山人篆刻偶存》。魏源《古微堂诗集》云："偶见楹帖书佳句，不知何出，恐久亡佚，因补缀成章，附存于集。"

杭州孤山西泠印社、辽宁千山无量观葛公塔均有此联。

海，广阔、博大。龙，是我国古代传说中的神奇动物。头上角如鹿角，有爪如鹰爪；身体很长，有鳞，如蟒蛇。能高飞远游，能兴云布雨。人们认为龙一般自由地生活在大海里，神圣而有威力。龙又是古代帝王的象征，帝王被称为"真龙天子"。天，高远空阔。鹤，民间把它当作一种高洁的鸟类，又是长寿和吉祥的象征。龙游于海，鹤飞在天。

此联出语雄健，意境开阔，气势磅礴，流畅自然。

齐白石曾以"海为龙世界；云是鹤家乡"题赠给毛泽东。

13. 海阔凭鱼跃；天高任鸟飞。

唐大历诗人玄览《题竹》诗云："大海从鱼跃；长空任鸟飞。"意谓心胸开阔，无拘无束。该联只用10字即在意境、格调上塑造出一种开阔自由、流畅自然的全新的辽阔之境。有良好的社会环境和条件，可以更好地发挥人的才干。有了好的社会环境，英雄更有用武之地，更可有作为。良马遇伯乐，岂止行千里？

猪圈岂生千里马，花盆难栽万年松。当然，逆境、艰苦的环境

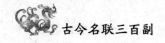

也能锻炼人。

14.烟锁池塘柳;炮镇海城楼。

据明末陈子升《中洲草堂遗集》载,此上联产生于明末。《巧对续录》说是句唐诗。下联为后人之对句,流传最广。准确流畅,很有气势。广州镇海楼有此联。写出了中国人民严阵以待、随时准备打击入侵之敌的气势。

此联的特点是以"金、木、水、火、土""五行"为上下联五字的偏旁。皆形声字。上联写绿柳含烟,池塘生碧的秀丽景色;下联写镇海楼的炮阵的威势。"锁""镇"二字用得传神。此类对联多为文字游戏。而此联则既不牵强,又自然、连贯,很有诗意,并切合当地之情景。广东东莞虎门要塞有联云:烟锁河堤树;炮镇海城楼。

15.养天地正气;法古今完人。

作者为清代的谢晋元。又有称为孙中山者。

上联讲修养。《孟子·公孙丑》:"我善养吾浩然之气。""其为气也,至大至刚,以直养而无害,则塞于天地之间。"文天祥把这种浩然之气称为"正气"。他在其《正气歌》中云:"天地有正气,杂然赋流形。下则为河岳,上则为日星。"法,效法。下联讲,要以古今优秀人物为榜样,向其学习。完人,这里指德才兼备、推动历史前进的、得到人民爱戴的杰出人物。(金无足赤,人无完人)

此联表达了作者严以律己、积极向上、包容天地、雄视古今的气概。梁赐龙《左宗棠》上卷有道光二十五年左宗棠赠林则徐联:是能养天地正气;是乃法古今完人。

16.路遥知马力；日久见人心。

元代无名氏《争报恩》："可不道路遥知马力，日久见人心。"

路途遥远，才能测知马的力量大小和耐久力；时间长久了，与其处事多了，才能认识一个人心的善恶和真情。只有长期的实践检验，才能真正认识、识别一个人或事物的本质。唐太宗有诗云"疾风知劲草，板荡识诚臣"。白居易诗云"试玉要烧三日满，辨才须待七年期"。异曲同工。此为传统格言联，流传甚广。

17.先抓吃、穿、用；实现农、轻、重。横批：综合平衡。

周恩来(1898—1976)，介绍见四言"浮舟沧海"联。

这是周恩来1962年题中央财经小组会议的对联。

农业、轻工业、重工业和人民生活的关系问题，是治国安邦的大问题。因生产力发展水平和国情不同，而有不同的处理。1958年的"大跃进"年代，以农业为基础，以工业为指导。但在实行中却突出优先发展重工业。农、轻、重比例严重失调。因此提出调整、巩固、充实、提高的方针。

此联把当时的大政方针、经济政策用14字托出。语言精练，概括简约，明白如话，易于记诵。明确指出人民生活与农业、轻工业、重工业的先后、轻重关系。积十几年之经验，来之不易，教训沉痛。用对联形式宣传党的方针政策，可以取得很好效果，也是一大创举。

18.室雅何须大；花香不在多。

郑燮(1693—1765)字克柔，号板桥。江苏兴化人。清代书画家、文学家。乾隆进士。曾任知县，因助农民胜讼及办理赈灾，得罪豪绅而被罢官。诗文描写人民疾苦颇为深刻。"扬州八怪"之一。

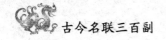

这是作者为江苏镇江焦山别峰庵所题联。联语生动地表现了作者不求富贵,追求淡雅的审美情趣。俗气的人,再大的屋子也俗气;不香的花,再多也不香。刘禹锡《陋室铭》云:"山不在高,有仙则名;水不在深,有龙则灵。斯是陋室,惟吾德馨……'何陋之有'?"上联当本于此。下联又辟蹊径,而理与前同。

19.天高悬日月;地厚载山川。

海纳百川,因其容大;天悬日月,因其高远。地载山川,因其厚重。作为一个人,应知天高地厚。心胸开阔,目光远大,见多识广,才能容人容事;胜不骄,败不馁;宠辱不惊,不因"小不忍而乱大谋",向最后目标努力,才可担大任,才能大有作为。

曲莹生《宋代楹联辑要》载:"待制周孟阳,海陵人。少游径山赋诗云:地高多与风云会,天近常为日月邻。"

20.石压笋斜出;岩垂花倒开。

此为僧文然题北京宣武区教子胡同永庆寺联。寺已不存。宋初道士石仲元诗云:"石压笋斜出,崖悬花倒开。"又有说为唐代薛宝诗。《诗人玉屑》载:"衡州蒋道士云:'石压笋斜出,岸悬花倒开'。"

此联通过对两种奇异的自然景物的细节描写,"石压""岩垂"和一"斜"一"倒",生动形象地表现出了笋和花的勃勃生机和活力,表现了它们顽强的生命力,给人以遒劲、清新之感。

庾信《咏画屏》诗:"石险松横植,岩悬洞竖流。"有异曲同工之妙。抓住特点,以简洁晓畅的语言,描绘出生动形象的画面。

21.撑天凌日月;插地震山河。

此联为廖鸿熙题桂林独秀峰南天门联。

上联,撑天,能支撑起苍天,言高而有力。凌日月,凌驾于日月之上,极言峰之高。下联,插地,稳固而有力。震山河,形容威力之大。此联用夸张的手法,生动地表现了独秀峰高而有力、稳而有威的气势和特点。语言简练,不落俗套。

22.蝉噪林愈静;鸟鸣山更幽。

作者王籍,山东临沂人。南朝齐末为冠军行参军,累迁外兵记室。梁天监末任湘东王咨议参军,转中散大夫。此联出自其诗《入若耶溪》。溪在浙江绍兴南若耶山下。

蝉(知了)噪,群蝉鸣叫。此联以蝉鸣、鸟叫反衬出山林之幽静。为传诵名句,文外独绝。语言晓畅,风格清新,不可多得。

23.水清鱼读月;山静鸟谈天。

吴恒题杭州西湖孤山竹素园联。有联书称为陈定山撰。

上联,月映水下,水清可见鱼对月如读也。上联以水清突出鱼读月。因水清以至于鱼在夜月下欣赏月亮的微妙情景,如在眼前。下联,以山静突出鸟谈天。山静,林中数鸟互鸣,可听得清清楚楚,犹如鸟互谈天。此联运用拟人手法,以动衬静,语言简洁,造语新奇,妙趣横生。仅10字,就描绘出清幽雅静的迷人景色,表达了作者恬静的情趣追求。

台湾台北阳明公园、草山鱼乐园联:水清鱼读月;林静鸟谈天。

24.悬将小日月;照彻大乾坤。

这是一副行业联:眼镜店联。

上联把眼镜比喻成太阳和月亮,既是夸大其词,又是惊人之笔。眼镜虽小,对于近视眼和花眼者,有则能看清万物,无则一片模

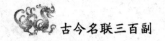

糊。下联写眼镜作用之大：它可以照亮天地。用比喻和夸张的手法，写出了眼镜的切实作用。想象开阔，气势非凡。

另联：不是胸中存灼见；如何眼底辨秋毫。构思精巧，立意高远。

25.醉里乾坤大；壶中日月长。

见施耐庵《水浒传》第29回"武松醉打蒋门神"。施耐庵（约1296—1370）名子安，江苏兴化人。传为元至顺进士，曾出仕钱塘两年，因不满官场生活，弃职还乡，闭门著书。他目睹朝廷黑暗腐败，亲历元末轰轰烈烈的农民大起义，作《水浒传》以抒胸中愤慨。

这是《水浒传》中蒋门神酒店门前销金旗上的对联。李白诗云："何当脱屣谢时去，壶中别有日月天。"白居易：无事日月长，不羁天地阔。元代卢挚《沉醉东风·闲居》："供几个田舍翁，说几句庄家话。瓦盆边浊酒生涯，醉里乾坤大，任他高柳清风睡煞。"一醉千愁解；三杯万事和。酒可令人陶醉，豪情大增，顿觉天高地阔。

许仲琳《封神演义》第16回"子牙火烧琵琶精"中，姜子牙在朝歌南门卦馆里的对联云："袖里乾坤大；壶中日月长。"姜子牙说："袖里乾坤大，乃知过去未来，包罗万象；壶中日月长，有长生不死之术。"此小说写武王伐纣的事。商、周时，还没有对联。

北京来广营卦摊上有两副对联：心里装日月；袖中藏乾坤。

指导迷路君子；提醒久困英雄。卦不可信，联可一读。

新疆达坂城纪念品竹烟筒上刻有"酒里乾坤大；壶中日月长"。

26.系狗当系颈；擒贼先擒王。

上联见《晋书·列传·惠贾皇后》。晋惠帝的贾后杀楚王和汝南王，夺得实权。但没有杀掉手握兵权的赵王司马伦。于是，司马伦又借故废了贾后。贾后悔不当初杀了赵王司马伦,没有抓住要害。她悔恨地说:"系狗当系颈,今系其尾,何得不然!"意为,拴狗应当拴狗的脖子,我却拴了它的尾巴,以致造成此时的恶果。下联见杜甫《前出塞》:"射人先射马,擒贼先擒王。"是说打击敌人要抓住主要环节,打击关键人物、关键部位。也引申为办事情要抓主要矛盾,不要只注意细枝末节。在战场上,司令部将领是指挥中枢。树倒猢狲散,旗倒士兵逃。作为国家,决定政策的当权派至关重要,他们决定着国家治理的好坏。

27.淡泊以明志;宁静而致远。

诸葛亮(181—234)字孔明,山东沂南人。三国时蜀汉政治家、军事家。东汉末隐居湖北襄阳隆中。刘备三顾草庐,他向刘备提出占据荆益二州,联吴抗曹,统一全国的"隆中对",成为刘备的主要谋士。赤壁之战胜利占领荆、益,建立了蜀汉政权。曹丕代汉,他说服刘备称帝,自任丞相。当政期间励精图治,图谋统一。建兴十二年,与魏司马懿在渭南相拒,死于五丈原军中。有《诸葛亮集》。

《三国演义》第37回"刘玄德三顾茅庐",诸葛草庐门有此联。

诸葛亮《诫子书》:"夫君子之行,静以养身,俭以养德。非淡泊无以明志,非宁静无以致远。夫学须静也,才须学也。"

《三国演义》作者把否定句改为肯定句,成为广为流传的格言联。上联讲,只有不图虚名,恬淡寡欲,甘于寂寞,才能使自己的志向明确坚定;下联说,只有不追求热闹,心里安宁清静,排除各种外来干扰,专心致志,才能达到远大的目标、理想。清净寡欲,不为物欲、情欲所累,心无旁骛,全力以赴,才能有作为。趋炎附势,吃喝玩乐,必将玩物丧志,虚度终生。《文子·上仁》:"非淡漠无以明德,

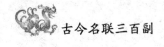

非宁静无以致远,非宽大无以并覆,非平正无以制断。"

28.乾坤容我静;名利任人忙。

苏曼殊(1884—1918)字子毂。后为僧,号曼殊,广东香山(今中山市)人。近代文学家。曾留学日本,漫游南洋。能诗文,善绘画,通英、法、日、梵文等。参加南社。翻译过拜伦、雨果的作品。有《苏曼殊全集》。此为苏曼殊题普陀山慧济寺联。

乾坤,《周易》中的两个卦名,指阴阳两种对立势力。阳性的势力叫作乾,乾之象为天;阴性的势力叫作坤,坤之象为地。引申为天地、日月、男女、世界。

出家人求静于天地之间,看破红尘,淡泊名利。而世人多为名缰利锁所拘束,忙忙碌碌,不思世外。言简意切,超然世外。

广东罗浮山酥醪观有清代杨应琚联:小楼容我静;大地任人忙。杨早于苏158年。此联为凡人超脱写实,前联为僧人出世语。

29.舞台小天地;天地大舞台。

浙江绍兴城区延庆寺戏台联。

鲁迅《二心集·新的"女性"》:"乡下的戏台上,往往挂着一副对子,一面是'戏场小天地';一面是'天地大戏场'。"

绍兴张神殿戏台联云:天地是个大舞台;舞台是个小天地。

舞台是供演员演出戏曲、歌舞、曲艺等的场所,它要比天地、社会和人类活动的场所小得多。戏剧是综合的表演艺术,源于生活,又高于生活,是对生活的提炼、浓缩和集中表现,是社会的缩影。与人类活动的广阔领域相比,它演出的时间短、场面小,所以,叫它为"小天地"。

天地,宇宙空间、人类社会、人类活动的领域,与戏剧舞台相比,它是非常广阔的。人类的生产斗争、阶级斗争和科学实验的实践舞台是无比广阔无限丰富的。所以说，它犹如人类生活的大舞台。

戏剧小天地，人生大舞台。人生如戏，戏如人生。天地也好，舞台也好，都以人为主角，都是人的活动场所。戏剧舞台上表演的一切，都是人的历史和现实生活，都是历代人民经济、政治和精神生活产物，只是用戏剧的形式表现出来罢了。

此联用精练的语言、比喻和前后互喻手法，巧妙地反映了戏剧舞台和生活天地的关系。

30.猫避官仓鼠;网漏吞舟鱼。

本书编者刘志民撰联。

上联，唐代曹邺《官仓鼠》诗:"官仓老鼠大如斗，见人开仓亦不走。"如此大的老鼠，猫怎么敢捉呢! 只能避之。窃钩者贼，窃国者王。蜘蛛网只捉小虫，大牛虻把网都撞毁了，蜘蛛怎敢去网住它!

下联，《庄子·庚桑楚》:"吞舟之鱼，砀而失水，则蚁能苦之。"《晋书·顾和传》:"明公作辅，宁使网漏吞舟。"鱼大吞舟，能把网撞破，渔人也就不敢用网捕太大的鱼了。历史上无数像和珅一样的大贪污犯，哪个监察御史敢惹呢! 不但不敢惹，还帮着庇护吧!

31.乾坤浮一镜;日月跳双丸。

许希孔(1705—?)字瞻鲁，云南昆明人。雍正时进士。官工部右侍郎。乾隆九年罢职。此为题昆明西山龙门联。

五百里滇池，静卧在昆明西山脚下，立岸远眺，有如茫茫大海。天朗气清之日，静如平镜。上联，受杜甫《登岳阳楼》中"吴楚东南坼，乾坤日月浮"的启发，喻滇池如天地之间平浮的一面天镜。下联见韩愈《秋怀诗》:"忧愁费暑景，日月如跳丸。"双丸喻日

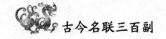

月运行,时间过得很快。不由使人联想到曹操"日月之行,若出其中;星汉灿烂,若出其里"的诗句。看过海上日出的人知道,旭日如一红丸,在升出海面时,不是匀速徐徐地升起,而是一跳一跳地上升。

此联比喻新奇,语言简洁,生动形象。描绘出天地之空阔,表现出作者博大胸怀。

32.赶走官仓鼠;迎来孺子牛。

这是本书编者、中国楹联学会会员刘志民的一副对联。

"子鼠丑牛"——是鼠年到牛年的春联。

"官仓鼠"见曹邺诗《官仓鼠》:官仓老鼠大如斗,见人开仓亦不走。健儿无粮百姓饥,谁遣朝朝入君口?

"孺子牛":《左传·哀公六年》:齐景公跟儿子嬉戏,口衔绳,装作牛,让儿子牵着走。儿子跌倒,扯掉其牙齿。洪亮吉《北江诗话》中钱季重联云:"酒酣或化庄生蝶,饭饱甘为孺子牛。"

鲁迅《集外集》七律《自嘲》中有(见本书第60页):

横眉冷对千夫指,俯首甘为孺子牛。

六 言

1.养心莫善寡欲;至乐无如读书。

郑成功(1624—1662),本名森,字大木。福建南安人。反对其父降清,曾起兵从事抗清活动。1659年与张煌言合兵围攻南京兵败而退。1661年,他率领将士数万人围攻台湾荷兰总督所在地,击溃敌人援兵,经8个月战斗,1662年收复台湾。

此联为集句联。上联见《孟子尽心下》:"养心莫善于寡欲。其为人也寡欲，虽有不存焉者，寡矣；其为人也多欲，虽有存焉者，寡矣。"意为修养心性的最好方法是减少物欲、情欲。寡欲使人长寿。寡欲是心灵的净化剂，它使人胸怀坦荡，品格高尚。郑以此鞭策自己，成为顶天立地的民族英雄。

下联出自《史典·愿体集》："至乐无如读书。"是古今志士仁人共同的感受。读书与寡欲相结合，才能真正乐在其中。

台湾高雄有丘逢甲题郑成功祠联：

由秀才封王，主持半壁旧河山，为天下读书人顿生颜色；

驱外夷出境，自辟千秋新王业，语中国有志者再鼓雄风。

2.静坐常思己过；闲谈莫论人非。

每生活、工作、学习一段时间后，应该总结一下经验教训，找出不足，予以克服；看到长处，则继续发扬。闲谈时，不要对别人说长道短，引起人家的不满，招惹是非。有意见可当面指出，不要背后议论。崔子玉《座右铭》云："无道人之短，无说己之长……慎言节饮食，知足胜不祥。行之苟有恒，久久自芬芳。"可置座右乎？

3.岂能尽如人意？但求无愧我心。

《江南赵氏楹联丛话》中赵曾望云："京都大贾吴介堂以同里故，一日以成句属于书联：岂能尽如人意，但求无愧我心。……又改之：岂能尽如我意，但求无愧人心。又易之：但求尽如人意，岂能无愧我心。"有人说，是刘伯温自勉联。龚联寿《中华对联大典》云其作者为李瑞清(1867—1920)。

由于人们生活在不同的环境，处于不同的社会地位，因此形成不同的是非观念和道德标准。为人处世，尽如人意是办不到的。因此，只能凭良心，做到问心无愧。但凭良心办事，也不一定能令

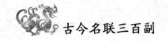

人满意。出以公心,让大多数人满意,即可心安。

4.骄傲来自浅薄;狂妄出于无知。

伽利略在《我们的知识是有限的》中说:"基于长期的经验我似乎发现,人们在认识事物时处于此种境地:知识愈浅薄的人,愈欲夸夸其谈;相反,学识丰富倒使人在判断某些新事物时,变得甚为优柔寡断。"自以为聪明,自以为无所不知,被一时的胜利冲昏头脑,就会成为骄傲的原因。使你失去自知之明,皆因无知和浅薄所致。因此,要有深厚广博的知识,时时保持清醒、冷静的头脑。

历史是人民创造的,群众才是真正的英雄,而个人则往往是幼稚可笑的。宇宙之广大,世界之丰富,一个人一生是无法认识完的。我们知道的不足未知的万分之一。人类的认识永远不会有完结。世界上没有一贯正确的——没错误的完人。任何人都没有骄傲和狂妄的理由。有知识、头脑清醒的人是不会骄傲和狂妄的。

充实的谷穗温顺地将头低下,向着大地——那生长她的母亲;
干瘪的稗草高傲地昂首朝天,好像是在高喊:我是多么伟大!
把自己当作泥土吧:
总是把自己当作珍珠,就时时有怕被埋没的痛苦。
请把自己当作泥土吧,让众人把你踏成一条道路。

5.望崦嵫而无迫;恐鹈鴂之先鸣。

鲁迅(1881—1936)原名周树人,字豫才,浙江绍兴人。中国现代伟大的文学家、思想家和革命家。著作有《鲁迅全集》20卷。(见第60页)

鲁迅集句联。上下联皆出于屈原《离骚》。由著名篆刻家乔大壮篆刻。上联全句:"吾令羲和弭节兮,望崦嵫(yān zī)而无迫。"

意为:我命令太阳的驾车人羲和按节缓行,即使望见日落之地,也不要驶近。后一句为:"恐鹈鴂(tí jué)之先鸣兮,使百草为之不芳。"意为:唯恐晚春的杜鹃提前鸣叫,使许多花草叶落香消。崦嵫,古指太阳落山的地方。鹈鴂,指杜鹃鸟。

两句诗在《离骚》中相距较远,经鲁迅巧集,自然贴切,古朴而典雅,如同自撰。感叹时光易逝,提醒自己珍惜时光,有所作为。

6.革命尚未成功;同志仍须努力。横额:天下为公。

孙中山(1866—1925),名文,字逸仙。广东香山(今中山市)翠亨村人。中国民主革命的伟大先行者。1905年在日本组织同盟会,被推为总理;确定了"驱除鞑虏,恢复中华,建立民国,平均地权"的资产阶级革命纲领,提出"民族、民权、民生"三民主义学说。1911年10月10日,武昌起义(辛亥革命)胜利,17省代表推选他为中华民国临时大总统。

1922年因陈炯明叛变,退居上海。1924年1月,在广州召开国民党第一次代表大会,实行联俄、联共、扶助农工的三大政策。1925年3月12日,在北京逝世。遗嘱主张"必须唤起民众及联合世界上以平等待我之民族,共同奋斗"。

此联是1923年1月25日孙中山为国民党周刊的题词。孙中山逝世时,有人作为对联悬于北京行馆灵堂,以为遗训。

革命还没有最后成功,同志们要继续努力,把民主革命进行到底。表现了唤起民众,不断革命,革命到底的精神。

7.捧着一颗心来;不带半根草去。

陶行知(1891—1946),安徽歙县人,著名教育家。他推动平民教育运动,最早注意乡村教育问题。要求教育与实际相结合,为人民大众服务。创办晓庄学校、社会大学,培养不少人才。

此联题赠乡村教师,也自励。上联抒发一心一意为人民谋利、赤胆忠心和坦荡胸怀。下联表达了大公无私的坚定信念和高尚品质。

此联正是陶先生公而忘私,为人民教育事业无私奉献的真实写照。有这等人搞教育,教育事业必突飞猛进。当今社会一切向钱看,一切都以赚钱为目的。搞学历教育、文凭教育,滥收费,高收费。与陶先生比,这些人不该汗颜吗?

8.只准州官放火;不许百姓点灯。

陆游《老学庵笔记》卷五载,有个州官名田登,忌讳别人说到"登"字音。全州的人只得把"灯"念作"火"。遇到元宵节挂灯,衙门出告示,只好说:"本州以例放火三日。"后来有人作此联语讽刺之。久而久之,成为著名俗语,用以形容反动统治者任意胡为,而平民百姓正当活动却受限制的不合理的社会现象。

9.中华民国万岁;袁世凯 千古。

此联是袁世凯死后的一副挽联。袁世凯原是北洋军阀首领。辛亥革命后,窃取了中华民国临时大总统的职位。后又解散国会,篡改约法,实行帝制。1916年6月6日,在全国人民的声讨声中,做了83天皇帝后丧命。

你看,这是六言联,还是五言联呢?上联六言,下联五言。根本不符合对联上下联字数相等并且对仗的基本要求。而该联的巧妙构思正在于此。千古唯一!"千古"与"万岁"对仗。但是,"袁世凯"与"中华民国"对不上。这正是作者匠心独运之所在。即:袁世凯对不起中华民国!其次,两句尾字皆仄声,暗含"不平"的愤怒之声。第三,袁世凯千古,即袁世凯死了。他死了,则可呼"中华民国万岁!"因为,帝制与民国势不两立。

此联别出心裁,不同凡响。寓意端庄,妙趣横生。如果拘束于上下联字数必须相等,而且对仗,此联就不能产生了。可见,对联艺术千变万化,丰富多彩,奥妙无穷。

10.爆竹一声除旧;桃符万象更新。

这是一副传统的著名春联。此联精心选取了春节期间传统民俗中最有代表性的典型物品——爆竹和桃符遣词造句,有声有色,描绘生动,形象鲜明,恰切地表达了除旧迎新的主旨。

王安石《元日》:"爆竹声中一岁除,春风送暖入屠苏。千门万户曈曈日,总把新桃换旧符。"

每当春节人们都要鸣放鞭炮。古代春节时人们则是用火烧竹子,使其发出噼噼啪啪的声音,用以驱除恶鬼灾神,故称为"爆竹"。发明火药后,制造了鞭炮,俗称"炮仗"。因春节常放爆竹,于是,一听到爆竹声响就令人意识到旧的一年已过去。

"桃符"是古民俗中用桃木板画的神像,用以驱鬼辟邪。每年除夕更换一次。后用红纸写春联贴于门的两侧,门上部的中间贴神像。时代在变迁,汉民春节贴春联的习俗仍延续至今。此联语言精练,对仗工整,历来为人们所喜爱,长期广泛流传于民间。

11.中国捷克日本;南京重庆成都。

这是一副有趣的国名、地名联。抗战胜利后,国都从重庆又迁回南京。1946年元旦,南京夫子庙六朝居贴此门联。

上联,是3个国名。"捷克"是欧洲一个国名,名词,这里又用

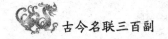

作动词"迅速攻克"。抗日战争胜利,中国战胜了日本。下联是三个城市名。民国政府原在南京,后迁重庆。抗战胜利后,又从重庆迁回南京,南京又重新成为国都。"重庆"原是四川省的一个市,名词,这里又用作动词"重新庆祝"。"成都",是四川省省会,名词,这里又用作动词"成为首都"。作者以一国名"捷克"、两个市名"重庆、成都"和它们的同音、同字、异义词,巧妙地构思了这副对联,连贯、通顺地道出中国战胜日本这一重大历史事件,独具匠心,妙手天成。

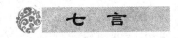

七 言

1. 一失足成千古恨;再回首已百年身。

赵翼《瓯北诗话》:明代状元钱福以事被斥革,所作诗中云:"一失足为天下笑,再回头是百年身。"后有人改为此联。钱福(1461—1504)字与谦,号鹤滩,上海松江人。弘治三年状元。以疾乞归,放意山水间。有《鹤滩集》。也有言为唐寅联。

棋语云:"一招走错,满盘皆输。"人生的道路是自己一步一步走的。关键时刻,一步走错会影响你的一生。你的历史是你自己写的。而历史是不能改写的。青年人,你可要慎重地着笔呀!

失足,因走路不小心而倾跌。也比喻堕落或犯严重错误。如,女子失贞,丈夫失节。千古,指很长时间。上联讲,一次关键性错误常常使你悔恨终生。人生的十字路口,一定要特别慎重,要三思而行。一旦做错,事关重大,无法挽回。比如,男怕选错行,女怕嫁错郎。青少年要学好本领,等待时机,抓住机遇,自强不息,争取有所作为。机不可失,时不再来。一旦错过,悔之晚矣!

2.一回酒渴思吞海;几度诗狂欲上天。

《坚瓠集》云:"苏州刘逸少文辞精敏,其师潘阆携见长洲县令王元之、吴县县令罗思纯。二公试与联句,应对略不停思。"

以吞海形容"酒渴"之望,以上天形容"诗狂"之欲,毫无顾忌,夸张至极。

中国酒文化源远流长。传说仪狄、杜康为造酒者。"禹饮而甘之,遂疏仪狄,绝旨酒,曰:'后世必有以酒亡其国者。'"(《国策·魏策》)

从"一士长独醉"的陶渊明,到"会须一饮三百杯""但愿长醉不愿醒"的李白,多有"举杯消愁愁更愁"的酒大亡身者。

据说,唐寅有联云:贾岛醉来非假倒;刘伶饮尽不留零。

卫祖邵题陈伯熙联曰:诗成掷笔仰天笑;酒酣拔剑斫地歌。

3.人生唯有读书好;天下无如吃饭难。

《随园诗话》:"清乾隆进士薛起凤有诗联云:人生只有修行好;天下无如吃饭难。"《古今联语汇选》记载:京师白云观斋堂有此联,作者清代包世臣。河南开封相国寺西斋堂有此联,清进士马慧裕题。

世界上最大的问题就是吃饭问题,即人类自身生存问题。人们只有在解决了吃、穿、住、行、用的问题之后,才能从事其他各种社会活动。民以食为天。没饭吃不能生存,不能做事,也不能读书。

科技是生产力。知识就是力量。书是精神的粮食。解决了吃饭问题之后,就应充实精神内涵,用人类的一切知识武装自己,不断提高自己的智慧和才干,争取为人类做出贡献。

此作学校食堂联,既切学校,又切食堂,贴切自如,恰如其分。

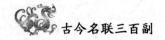

4.人世大难开口笑;肚皮终不合时宜。

陈宝琛(1848—1935)字伯潜,号弢庵,福建闽县人。清同治进士,有《沧趣楼诗集》。此为题山西大同华严寺观音阁联。福建华林寺弥勒殿也有此联。

《庄子·盗跖》:"人上寿百岁,中寿八十,下寿六十。除病瘦死丧忧患,其中开口而笑者,一月之中不过四五日而已矣。"意为人生悲哀多而欢愉少。杜牧《九日齐山登高》:"尘世难逢开口笑,菊花须插满头归。"宋代洪适《满江红》:"人世难逢开口笑,老来更觉流年迫。"说的是个人失意,感时伤怀。谢枋得:"平生结客知心少,乱世逢人笑口难。""有道是人间万苦人最苦"。

毛泽东《贺新郎·读史》:"人世难逢开口笑,上疆场彼此弯弓月。流遍了,郊原血。"意为,自从产生私有制和阶级以来,人们很少欢乐,很少有和平、安乐的日子。人们为了个人利益或维护本阶级利益,经常刀兵相见,互相残杀,给人民带来巨大的灾难。

肚皮,此指思想认识。不合时宜,不合时势、当局的需要。费衮《梁溪漫志》:"东坡一日退朝食罢,扪腹徐行,顾谓侍儿曰:'汝辈且道是中有何物?'一婢遽曰:'都是文章。'坡不以为然。又一人曰:'满腹都是见识。'坡亦未以为当。至朝云乃曰:'学士一肚皮不入时宜。'坡捧腹大笑。坡曰:'惟有朝云能识我。'"苏轼一生刚直不阿,不趋炎附势。

作者从弥勒的外观——常开的笑口和袒露肥大的肚皮着笔,借题发挥,反向写去。弥勒笑口常开,可是,人世间则苦难重重,令人难以开口一笑。在艰难的时世中百姓饥肠辘辘,饥寒交迫,与大肚便便的弥勒截然相反。作者小处着笔,大处着眼,视野开阔,意在反映人世社会现实的不合理,令人联想到社会的血腥历史。

5.人因爱富常离我;春不嫌贫又到家。

陈芳朝,安徽桐城人。清顺治进士。幼年家贫,饱尝人情冷暖和世态炎凉。刻苦攻读,终于中举。此前春节家门常贴此联。

写诗撰联,贵在立意。此联立意,不同凡响。清新脱俗,令人耳目一新。上联写世俗常态。下联写温暖的春天不嫌我贫,又应时而至。一年四季,寒来暑往,循环往复,不嫌我贫。人则爱富而常离我去。对比鲜明,意境全出。

6.入夏荷花偏不热;出山泉水尚能清。

朱应镐《楹联新话》:"长汀县署花厅后有蓬莱阁在大池上⋯⋯黄曼君司马国培署县时题联云⋯⋯"

上联,一年四季夏最热。而此处"偏不热",因其身处清凉的荷池的环境中。当官者必有许多趋炎附势、溜须拍马者围绕周围,门庭若市的"热"。近贤人,远小人,公正无私、不买拍马者的账,就是"偏不热"。这就要为官者有一个永葆清正廉洁、一尘不染的内心世界。下联,杜甫《佳人》:"在山泉水清,出山泉水浊。"是说"近朱者赤,近墨者黑"。人易随环境改变而改变(人也改变环境)。而"出山泉水尚能清",则是如莲"出淤泥而不染"。实属"富贵不能淫,贫贱不能移,威武不能屈"的大丈夫。

作者以"入夏荷花"和"出山泉水"自况,既是写夏日之景,又一语双关(因是贴挂在县衙),写为官坚持清正廉洁,不贪赃枉法,公正廉明。身居官场,一尘不染,难能可贵。联语清新自然,含蓄蕴藉,不落俗套。

7.才能济世何须位;学不宜民枉有官。

李承衔《自怡轩楹联剩话》载:《桐阴清话》曰朱经畬,清满洲汉军人。官楚十余年,不名一钱,卒以贫死。同僚济助,使得返柩。

此联为自署书斋联。上联说,如果真正具有匡时救世的才能,那又何必非得一定的职位,强调才重于位。问题是无位无权,有才也难施展呀!无德无才而有位则危害大矣!

下联讲如果不能把学到的知识服务于民众,那么,就是当官也徒有虚名。

联语旨意精深,类似仕诫。古以学而优则仕,常常忽略德。

8.海到无边天作岸;山登绝顶我为峰。

《古今联语汇选》云:"有人用清初诗钟赠海上女新剧家钱天吾联云……"又有联书云:老师带学生游福州鼓山,师出"山、海"二字,让学生作七言联句,林则徐首先对出。清人黄中《雪鸿初集》卷五载作者为甘少潭。近人易顺鼎《诗钟说梦》云:"闽派沈文肃(林则徐女婿沈葆桢)及韬老皆能以大笔为诗钟……《天·我》五唱卷云:海到无边天是岸……"张伯驹《素月楼联语》卷三谓作者是陈宝琛。刘海粟赠沈祖安联:海到尽时天是岸;山登绝顶我为峰。

大海广阔无边,向远眺望,只见地平线,仿佛天是海的边岸。

没有比人更高的山,没有比脚更长的路。登到山峰之巅,人比山高,我即为峰也!真是妙不可言,无与伦比!

此联气势磅礴,表达了作者高瞻远瞩的胸怀和顶天立地的雄心。读来让人心胸开阔,令人想起杜甫"会当凌绝顶,一览众山小"之句。气魄宏大如沧海,雄心壮志冲云天!

山东泰山玉皇庙和四川峨眉山白龙洞有此仿联。

9.四面湖山归眼底；万家忧乐到心头。

陈大纲,陕西高陵人。清嘉庆进士。曾任巴陵知县。

此为题湖南岳阳楼联。楼在岳阳市西最高处,始建于唐代。其前身是三国吴将鲁肃的阅兵台。素有“洞庭天下水,岳阳天下楼”之美誉。与武昌黄鹤楼、南昌滕王阁并称为“江南三大名楼”。岳阳楼紧临洞庭湖东岸,登楼远眺,湖光山色尽收眼底,引发联想到百姓万家疾苦、温饱。上联写景,真切地表达了作者对祖国山河的热爱。下联抒情,笔锋突转,从四面湖山进而想到万家忧乐,充分表现了作者对人民大众的关爱之情,主题和盘托出。无真爱民之心,绝不会咏出这等联句。

《孟子·梁惠王》:“乐民之乐者,民亦乐其乐;忧民之忧者,民亦忧其忧。乐以天下,忧以天下,然而不王者,未之有也。”许多联书都引用范仲淹《岳阳楼记》中“先天下之忧而忧,后天下之乐而乐”的名句,来解释此联的“忧乐”。我以为不然。一是孟子之言先于范1400多年,范语之源也应在孟子;二是范忧君忧民,而此联只讲“万家忧乐”,最关心平民百姓的忧乐,更高一筹。

此联是古今题咏岳阳楼联语佳作之一。立意高远,视野开阔,感情凝重,浑然一体。语言流畅而含义深刻,思想性和艺术性高度统一。妙不可言,不可多得。

云南昆明太华寺有联:“一幅湖山来眼底；万家忧乐注心头”。

10.华岳三峰凭槛立；黄河九曲抱关来。

这是陕西潼关城楼联。潼关为陕西、山西、河南三省要冲,乃兵家必争之地。三峰:指华山的落雁峰、莲花峰和朝阳峰。

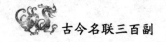

上联把西岳华山的三座高峰描述为凭槛而立的卫士。既写出潼关地理位置的重要,又烘托出它宏大气势。九曲:曲曲折折,形容曲折之多。下联写潼关地处九曲黄河怀抱之中,表现了潼关的沉雄和浑厚,显示了潼关得天独厚的地理优势。许浑诗有"河势抱关来"。

联语以简洁的语言生动地描绘了潼关的险峻、壮丽,高度地概括了潼关的险要地势。作者以超凡的慧眼,审视了潼关在特定地理环境中的风采,挖掘出潼关是独一无二的依名山傍大河的风水宝地。

上联写山,下联写水。气势雄伟,语言简练,用词精当。"凭"(依靠)、"抱"(环绕、拥抱)二字把景物写活了。抓住了景物的主要特点,写出了关雄地险。

11.西南云气来衡岳;日夜江声下洞庭。

黄道让,字歧农,湖南安福(今临澧)人。咸丰十年(1860)进士,官工部主事。有《雪竹楼诗稿》。

此联为湖南长沙岳麓山云麓宫联。联语见于黄道让七律《重登岳麓》诗中的颔联(第三四句)。"来"字原诗为"开"字。

云麓宫右有望湘亭,可鸟瞰长沙市景和湘江水色。衡岳,即南岳衡山,有七十二峰,岳麓为其中之一。"衡山绵亘八百里,回雁为首,岳麓为足。"上联写漫天云雾,从西南衡山飞驰而至,涌向岳麓山。下联写湘江之水日夜奔腾不息,向北注入洞庭湖。茫茫云气,自西南风涌而来;滔滔江水,日夜奔腾入洞庭。

此联所写境域辽阔,把置身云麓宫的感受生动贴切地描绘了出来。文字简洁,词义雄阔,气势磅礴,很有神韵。

12.近水楼台先得月;向阳花木易为春。

苏麟(969—1052),宋杭州属县巡检。俞文豹《清夜录》:范仲淹"镇钱塘,兵官皆被荐,独巡检苏麟不见录,乃献诗云……"后来,常用"近水楼台"比喻由于地位或关系近而优先得到利益或便利。

楼台近于水泊,无遮无拦,易于先得月照。影射为与上级关系密切的人能优先得到提拔。植物生长不但需要土壤、水分和适当温度,而且要有充足的阳光。花木向阳,阳光朗照,才能枝繁叶茂,开花鲜艳,易成春景。写景寓理,含蓄蕴藉,比喻恰切,鞭辟入里。流传甚广。台湾新竹潜园有此联。

13.沉舟侧畔千帆过;病树前头万木春。

刘禹锡(772—842),字梦得,河南洛阳人。唐代文学家、哲学家。贞元进士,授监察御史,参加王叔文集团,反对宦官和藩镇割据势力。改革失败后,贬朗州司马,迁连州刺史。后任太子宾客,加检校礼部尚书。其诗通俗清新,善用比兴手法寄托政治内容。《竹枝词》等富有民歌特色,为唐诗别开生面。有《刘梦得文集》。此联出自其诗《酬乐天扬州初逢席上见赠》中的颈联(第五六句)。

宝历二年(826年)刘禹锡从和州返洛阳,路过扬州,与白居易相遇。白在酒席上写《醉赠刘二十八使君》,抒发了对刘长期遭贬之不幸的同情。刘禹锡酬以此七律。沉舟侧畔,千帆竞发;病树之前,万木逢春。作者跳出了个人际遇的小圈子,从社会大形势与积极人生立意,表现出其超脱和旷达。

船在江河湖海中航行,如果遇到大风大浪,或者触到暗礁,就会偶有船沉人亡者。但是,不能因噎废食,后来仍有千帆从沉船之

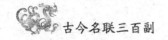

处驶过。森林之中常有树病而枯者。但是,春天到来,其他万木仍然生机勃勃,春意盎然。失败是成功之母。做事方向对头,不怕挫折、失败,不断探索前进,总是有发展前途的!

此联以比兴手法恰切地表达了作者改革失败后的心情,即不怕挫折、继续斗争的坚定信念。充满哲理,寓理深刻。

14.山重水复疑无路;柳暗花明又一村。

陆游(1125—1210)字务观,号放翁,浙江绍兴人。南宋大诗人。主张坚决抗金,充实军备,收复中原的信念始终不渝。其诗颇多,今存9000多首,内容极为丰富。抒发政治抱负,反映人民疾苦,批判当权者的屈辱求和,风格雄浑豪放,表现出渴望恢复国家统一的强烈感情。有《剑南诗稿》《渭南文集》《老学庵笔记》等。

此联为《游山西村》诗中的颔联。

联语写出了山重水复,峰回路转,迂回曲折的路程,给人以车到山前无路可走之疑。村庄在高山、绿柳林荫的遮掩之下,远处难以发现村路,走近村路才能发现。使你茅塞顿开:车到山前必有路,路转溪桥忽见村。写景之诗,蕴含哲理。引申为不要为表面现象所迷惑,要知事情真相,必须深入实际,接近事物的内部,才能去伪存真,探明事物的本质。不入虎穴,焉得虎子?只有实际考察,详细地阅读材料,加以科学的分析和综合,才能得出正确的结论。

15.有意种花花不发;无心插柳柳成荫。

此联语义犹如“踏破铁鞋无觅处,得来全不费功夫”。

联语深寓哲理。“花不发”和“柳成荫”有其必然性和偶然性。这要看花和柳的生长条件而定。适合生长条件即成荫;生长条件不适合就会“不发”。“不发”和“成荫”都是以客观条件为依据的,不以主观意识为转移,即不是由人的"有意""无心"决定的。所以,我们做事要从客观实际出发,按客观规律办事,才能达到预期的目的。客观事物的发展变化,其原因不是有意、无意,而是事物按其规律运行所达到的必然的最后状态。因此,有时需耐心地等待客观机遇。

此联以种花、插柳喻理,为广大群众所喜闻乐见,流传甚广。

16.溪云初起日沉阁;山雨欲来风满楼。

许浑,字用晦,江苏丹阳人。大和六年进士,官虞部员外郎,睦、郢二州刺史。其诗长于律体,多登高怀古之作,有《丁卯集》。

此联出于许浑七律《咸阳城东楼》颔联(三四句)。站在咸阳城东楼远眺,见夕阳西沉已到楼阁以下,山溪云气升腾。大风刮起,风吹满楼,大雨即将到来。夕阳西下时,溪云初起是夜雨的征兆;阴云密布,大风刮起,也是大雨的前兆。下联又引申为事情发生前将会出现某种预兆,比喻局势发生重大变化前夕预先显示征兆。

17.年年岁岁花相似;岁岁年年人不同。

刘希夷(651—?)字延之,河南临汝人,唐代诗人,25岁进士及第,没做过官。此联为其名诗《代白头吟》中的联句。

年年岁岁,岁岁年年,冬去春来,四季往复,周而复始。花开花落,有似去年。时光荏苒,韶华易逝。人由小到大,由大到老。

有的荣华富贵,有的穷困潦倒。人世沧桑,一切都在变化。青春易逝,红颜易老;人生短促,富贵无常。有人生短暂之叹。

据传,其舅宋之问很喜欢此联,欲占为己有,希夷不允,宋竟遣人用土囊将其压死。死时不到30岁。可惜可怜一诗才。

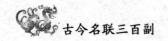

18.天若有情天亦老;月如无恨月常圆。

李贺(790—816)字长吉,河南宜阳人,唐代诗人。其诗对统治集团的昏庸腐朽的现实加以揭露、讽刺,也表现出不得志的悲愤。艺术上善于熔铸词采,驰骋想象,运用神话传说,创造出新奇瑰丽的诗境,具有积极浪漫主义精神。李诗以丰富奇特的想象、新颖诡异的语言,表现出幽奇神秘的意境,富有浪漫色彩,独树一帜。有《昌谷集》。上联是李贺《金铜仙人辞汉歌》中的诗句。

下联为石延年所对。石延年(994—1041)字曼卿,原籍幽州,后居河南商丘,北宋文学家,有《石曼卿诗集》。

假设天空和月亮都有感情,那么,天会因时间之长久而衰老;月亮无恨也会常圆而不缺。可是,天因无情天不老,月随地转月常缺。不如意事常八九,能成功者只一二。事事如意、心想事成、随心所愿的时候,太少了。人世难逢开口笑!

此联对得恰切自然,天衣无缝。难得!

19.云间树色千花满;竹里泉声百道飞。

这是康熙皇帝玄烨题浙江杭州南屏山慧日峰净慈寺联。是唐代诗人沈佺期七律《奉和春初幸太平公主南庄应制》中的颈联。

沈佺期(656—714)字云卿,河南内黄人。上元二年进士。武后时,任给事中。历任中书舍人、太子少詹事。诗律体严谨精切,对唐代的律诗的形成和发展有一定贡献。七律在他的手中趋于成熟。明人辑有《沈佺期集》。

上联写山峰耸入云间,云间绿树,千花盛开,布满枝头。下联说,山中竹林里百道清泉,飞流而下,水花四溅,流声飞扬。

此联所绘景色优美,诗情画意,跃然纸上。对仗工整,语言通俗易懂。实为诗中名句,联中佳构。

20.满园春色关不住;一枝红杏出墙来。

原句出自南宋诗人叶绍翁《游园不值》。叶绍翁,字靖逸,浙江龙泉人。有《靖逸小集》。联语出自长篇小说《红岩》。

原诗句为"春色满园关不住,一枝红杏出墙来"。把"满园"提到"春色"前,用"满园"与"一枝"对仗。这样,对仗就工整了。

此联以生动形象的语言描绘出盎然的春意。园内春色已经到了关不住的程度。于是,一枝红杏花开,探出墙头,挺到墙外。抓住景物特点,着意渲染。诗意天成,妙手偶得。

此联是历来传诵的名句。它不仅仅是写景,还含有深刻的哲理,即新生事物是禁闭不住的。所以,《红岩》中的先烈们在狱中庆祝新中国成立时,用了此联,恰到好处。

21.西岭烟霞生袖底;东洲云海落樽前。

传为爱新觉罗·弘历(1711—1799)联,"爱新"为"金","觉罗"为姓。满族姓氏,即清代皇帝乾隆。1735—1796年在位,是中国在位时间最长的皇帝。组织编辑《四库全书》,爱好诗文楹联书画,作诗联数万首。

此为颐和园涵远堂联。西岭,包括颐和园之西在内的北京西郊群山的总称。东洲,东部(昆明湖)水域中的洲渚。站在涵远堂,视野开阔:于西山诸峰缭绕的烟霞如生于袖底;东洲茫茫的云雾飘落到了酒杯之前。作者运用丰富的想象和大胆的夸张,将遥远的烟霞和云雾生动形象地置于袖底和樽前,突出了此堂之"涵远"。对仗工稳,气势磅礴。

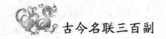

黄祖洛题江苏北固山祭江亭联:"六朝山色收杯底,千里江声到枕边"。林则徐《韬光蜡屐图》:岭树湖云沉足底;江潮海日上眉端。

22.烟藏古寺无人到;榻倚深堂有月来。

翁方纲(1733—1818)字正三,北京大兴人。清乾隆进士,书法家、金石学家。有《两汉金石考》《复出斋文集、诗集》等。

此为陶然亭联。亭在北京陶然亭公园湖内中央岛的慈悲庵内。为清代江藻所建,初名江亭。亭名取自白居易"更待菊黄家酿熟,共君一醉一陶然"之诗意。庵内还有李大钊、周恩来纪念室。

上联写白天的清静。慈悲庵被烟雾笼罩着,杳无人迹。下联写月夜的幽静。卧榻依傍在深堂之侧,只有月光映照进来。以"无人"与"有月"对称,蕴含着超凡脱俗的意味,犹如一首小诗。作者是当时的达官显宦,对尘嚣世俗已觉腻烦,偶入僻静的慈悲庵,有如走进世外桃源,似是向往隐居的生活。

郭沫若书联为:烟笼古寺无人到;树倚深堂有月来。

23.楼高担任云飞过;池浅能将月送来。

沈炳垣(约1784—1855),原名湖,字紫卿。浙江海盐人,道光二十五年进士。有《祥止室诗钞》。有联书说为陶澍题。

明代唐顺之(1507—1560)自题:帘短能留月;楼高不碍云。

明代赵宦光(1559—1625)题江苏天平山白云泉联:池浅还容月;风高不碍云。

姚步瀛(清同治进士)无题联:池小堪留月;亭虚不碍风。

此为沈题上海豫园卷雨楼联。见《文以兴游》《上海滩》。

此联写景寓理。上联引申为:位高不妒才,不怕别人超越自己。下联可引申为："尺有所短,寸有所长";人小本领大;高不傲低。

池在此,月在彼,谁能将月"送"来呢?"送"字改为"引"字,更合理、更好。池浅能将月引来。此三联应皆源于唐顺之联。

长沙北极阁有联:楼高担任云飞过;窗小先将月送来。

24.水从碧玉环中出;人在青莲瓣里行。

汪炳璈,字仙谱,湖南宁乡人。道光举人。为保定知府,后调任贵州。此联为贵阳甲秀楼下浮玉桥涵碧亭联。

碧玉环,浮玉桥的拱洞与其倒影合成圆环。上联描绘了清澈的河水从桥孔流出,如从碧玉环中涌出,晶莹透碧,令人心旷神怡。

下联写游人们乘一叶叶扁舟,在长满青莲的水面上尽兴地游荡。人与舟的周围尽是浮动的青莲。以白描的手法和形象的比喻,勾画出一幅生动的画面,既切拱桥和亭名,又富神韵。

《归潜志》载刘勋之《济南泛舟》云:"人行著色屏风里,舟在回文锦字中。"为济南大明湖汇泉寺内薛荔馆联。

25.四面荷花三面柳;一城山色半城湖。

刘凤诰(1761—1830)字丞牧,号金门。江西萍乡人。清乾隆五十四年进士。官至吏部右侍郎。以事戍伊犁。著有《存悔斋集》。

此为济南小沧浪亭联。杭州西湖"曲院风荷"也用此联。

小沧浪亭在大明湖西北岸铁公祠,是济南名园之一。此亭面山傍湖,绕以长廊;湖渠环绕,三面荷花,清静幽雅。上联讲,大明湖沿岸湖中皆是荷花,三面垂柳环绕。下联讲,满城绿树,有如山

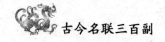

色,半面(旧城)为大明湖所占据。上联描述荷、柳,下联着墨山、湖,把大明湖独具特色的景物风光,呈现在读者面前。

此联抓住了景物特点,笔调疏朗明快,简洁地描绘了大明湖的风光和济南城的景色。刘鹗在《老残游记》中称赞此联说:"尽画了大明湖的绝景。"

26.旭日朝霞红雨乱;天风海水白云闲。

作者:古大存、郭沫若。郭沫若(1892—1978)乳名文豹,原名郭开贞,四川乐山人。中国现代著名文学家、历史学家、考古学家、古文字学家和著名社会活动家。1914年赴日本学医,回国后从事文艺运动。1926年参加北伐战争。1949年后,历任国务院副总理、中国科学院院长、全国人大常委会副委员长、中国文联主席等职。主要著作有诗集《女神》,剧作《屈原》,以及《中国古代社会研究》《甲骨文字研究》《十批判书》等。有《沫若文集》。

此联为题广州白云山听涛亭联。广州北郊白云山上常有白云缭绕,故名。山上有听涛亭,羊城八景的"白云听涛"即是此处。古大存游白云山所写诗中有一句"天风海水白云间"。园林处将此句作为下联,向游客征联。1964年7月,郭沫若来此游览,闻知此事,稍加思索,挥笔写出上联,并将下联句尾"间"字改为"闲"字。

一联14字,写六种景物。上联写苍苍白云山在旭日朝霞辉映中的亮丽山色。"红雨"即落花。李贺《将进酒》:"况是青春日将暮,桃花乱落如红雨。""乱"是"联眼",生动、活泼地再现了晨光映照,晨风吹拂下,山花飘散,落英缤纷,一派朝气蓬勃的景象。

下联"天风"言山顶之高。"海水"说俯瞰之景。将"间"改"闲",赋予白云以生命和感情,形象绘出白云缭绕的悠闲之态。使人联想到李白"孤云独去闲"的意境。又是诗人悠闲心情的自然流露。"白云闲"与"红雨乱"色彩相衬,动静相对,画面明丽,意趣盎然。切地切景,音韵和谐,对仗工整,语言简洁,景象壮阔,景色鲜明。

27.删繁就简三秋树;领异标新二月花。

郑燮(1693—1765)字克柔,号板桥,江苏兴化人。乾隆进士。授山东范县、潍县知县。因请赈济民为上所斥罢归。有《板桥全集》。

此联为郑板桥与韩镐论文联。他对韩镐说:"作文以识见为主。认题立意,非识见高卓精审,不能切中要害。才、学、识三者,识尤重要。有识文章才能立意新异,不落俗套。"并以此联相赠。

上联,三秋即秋天(三个月)。以落尽繁叶的秋树为喻,指出作诗绘画要不枝不蔓,简明扼要,主题才能鲜明突出。枝繁叶茂,就可能喧宾夺主,枝干不分。下联讲,写诗作画不能人云亦云,千篇一律,要敢于标新立异,有自己独特的风格。要言必己出,与众不同,有所创新。夏日之花,万紫千红;二月之花,少而新颖,稀少可贵,清新别致。推而广之,作画写诗如此,做学问也应如此,应该有所创新,不应陈陈相因,要简约、新颖。

28.书从疑处翻成悟;文到穷时自有神。

作者郑燮自题。(见上联介绍)

读书不可全信,从怀疑到批判继承是一个思想的飞跃,必有感悟和收获。如果盲目轻信,全盘肯定,必无收获、创新可言。学者贵疑,疑是治学正道,是做一切学问的基础,是科学创新的前提。疑者,觉悟之机也。一番觉悟,一番长进。

穷,寻求到尽头。神,神妙,比喻达到神妙的境界。只有穷原

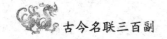

究委,才能出神入化,达到深邃微妙的境界。

全联以一疑一穷字,说出读书、作文之要道。

29.立脚莫从流俗走;置身宜与古人争。

张大千(1899—1983)名正权,字季爰,号大千,四川内江人,著名画家。遍游名山大川,由师古人转为师自然,画艺长足进步。曾移居阿根廷、巴西、美国,定居台北。有画作《长江万里图》《庐山图》等。此为大千集何子贞藏魏碑《张黑女志》字联之一。

上联,流俗,见《孟子·尽心》:"非之无举也,刺之无刺也。同乎流俗,合乎污世。"是说"风俗颓靡,如水之下流,众莫不然也"。张大千鄙视绘画平庸的做法,认为应立定脚跟,自成一派,不随流俗、随波逐流,要走自己的创作道路。下联,置身,把自己放在何种位置,存身何处。与古人争:不应迷信古人,要坚定自己的立场,敢于开拓、创新,敢于超越古人。只有在继承前人成果的基础上,大胆创新,创建自己独特的风格,才是有所成就。这是作者一生绘画创作的经验总结。

清代李汝南自贡王爷庙联:立脚怕随流俗转;留心学到古人难。

林则徐赠左宗棠:行事莫将天理错;立身当与古人争。

黄兴赠白逾桓联:立脚怕随流俗转;高怀犹有故人知。

30.鹦鹉能言难似凤;蜘蛛虽巧不如蚕。

王禹偁(954—1001)字元之,山东钜野人,出身农家。宋太平兴国进士,官历左司谏、翰林学士。刚直敢谏,屡遭贬谪。他是宋代最早提倡继承杜甫、白居易现实主义传统的优秀诗人。散文也反对五代浮靡的文风,主张学习韩愈、柳宗元。他的诗文对当时社会政治有所批判,为后来诗文革新开辟了道路。有《小畜集》。此联见明代赤心子《奇联撷萃》、褚人获《坚瓠集》。为王幼时对毕士安联。

鹦鹉能言,只会学舌,却没有思想,人云亦云,永远比不上百鸟之王的凤凰;蜘蛛虽然能巧妙地吐丝结网,但总不如蚕吐的丝,能衣被苍生。

联语从平常的小动物身上得到灵感,通过比较,挖掘出不平常的哲理。对仗工整,声调和谐,深蕴哲理。

31. 事能知足心常惬;人到无求品自高。

此联见于梁章钜《楹联丛话》:"先师陈白崖先生尝手题一联于书室曰……斯真探本之论,两言可以千古矣。"陈锷,字养愚,号白崖,浙江钱塘人。乾隆四年(1739)进士。梁章钜之师。

《老子》:"甚爱必大费;多藏必厚亡。故知足不辱,知止不殆,可以长久。""祸莫大于不知足;咎莫在于欲得。故知足之马常足矣。"

元代无名氏《冤家债主》:"人心不足蛇吞象;世事到头螳捕蝉。"

无求便是安心法,知足才为却病方。上联告诫自己要懂得"知足",即要清心寡欲、廉洁奉公,不可得寸进尺,贪得无厌。否则,欲壑难填,轻者因不知足而忧心忡忡,平添无限烦恼;重则沉湎欲海而不能自拔,贻误终生。下联进一步提出"无求",即没有过高的要求,并把它提高到人品的高度,指明了修身的方向。此联深得人们的喜爱,流传甚广,常传于口。

32. 欲知世味须尝胆;不识人情只看花。

梁章钜《楹联丛话》说为其伯父梁奉直书。有称为黄奕芳的。

世味,即世间人情冷暖、苦辣酸甜的滋味。世间味最苦者莫过于苦胆与黄连。要想知道世间人情冷暖的滋味,尝一尝胆的苦涩

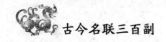

才能知道。不了解人情冷暖、世态炎凉的人,只看到光明的真善美的一面,只看到五颜六色鲜艳美丽的香花,没看到玫瑰花上的刺,没看到人各自私、阴暗冷漠、假丑恶的一面。

阅尽人情知纸厚,踏遍世路觉山平。人与人的真情往往被冷冰冰的金钱欲海所淹没。没有认识人情冷暖的人,只看见春天百花盛开的艳丽,未见过被狂风暴雨摧残的百花凋零后冷清凄凉的另一面。

联语以苦涩的胆与美丽的花相对比,道尽人情冷暖、世态炎凉,鞭辟入里。非透过现象看本质、阅尽世味人情者不能出此沉痛之语。

33.宰相合肥天下瘦;司农常熟世间荒。

此联见于清代吴趼人《新笑史》。

古代常以籍贯代人称。李鸿章祖籍安徽合肥,便称"李合肥"。1870年任直隶总督兼北洋大臣,掌管外交、军事、经济大权,相当于"宰相"。翁同龢籍贯江苏常熟,故称"翁常熟"。他是咸丰状元,光绪帝的老师。任户部尚书,掌管钱粮、财政,相当于古代"司农"之职。联作者妙用二人的职衔和籍贯作讽刺联,俏皮、幽默之中见深邃。把"合肥"与"常熟"二地名与词义双关:"合肥"的是此二官,天下变瘦了;"司农常熟"(年年丰收),天下百姓则总是闹饥荒。

此联构思巧妙,用词工巧,对比鲜明而自然。虽未指名道姓,但尽人皆知。概括了官富民穷的不合理现实。实属双关巧对,讽联佳品。不过翁同龢不是贪官,是李鸿章的反对派,还支持戊戌变法。

34.纵使有钱难买命;须知无药可医贫。

《南亭联话》云:有一医生把财神、药王供于一龛,题此联。

有病只能求医服药,财神是帮不了忙的。被称为万能的钱,再多也买不来命。同样,穷人要改变贫困的处境,只有自力更生,发奋图强,勤劳致富,再好的灵丹妙药也治不了贫困的。生命不能用钱买,贫困岂可拿药医?此联是破除对财神和药王迷信的一剂良药。

又联云:有钱难买命;无药可医贫。

35.历叹古今良吏少;须知天下苦人多。

《格言对联大观》称作者为冯尧臣。有联书言为朱元璋所作。

欧阳修《五代史·唐六臣传论二》:汉唐之末,举其朝皆小人也,而其君子者何在哉?当汉之亡也,先以朋党禁锢天下贤人君子。而立其朝者,皆小人也。然后汉从而亡。及唐之亡也,又先以朋党尽杀朝廷之士,而其余存者,皆庸儒不屑倾险之人也,然后唐从而亡。

嘉庆皇帝有斥诸臣诗:

内外诸臣皆紫袍,何人肯与朕分劳?

玉杯饮尽千家血,银烛烧枯百姓膏。

天泪落时人泪落,歌声高处哭声高。

平时漫说君恩重,辜负君恩是尔曹。

在旧社会,多数官吏都为自己打算,只为上级服务,以求升官发财,极少有人想到百姓的疾苦。"三年清知府,十万雪花银。"由于官吏的地位,他们为自己谋利的机会和手段很多。巧立名目,苛捐重税,贪污受贿。而能如包拯、海瑞公正、清廉的官,少之又少。官富民穷是普遍现象。

清代知县潘先珍联云:扪心自叹兴利少;极目只觉旷官多。

36.自古未闻屎有税;而今只剩屁无捐。

刘师亮(1876—1939)原名芹丰,四川内江人。曾做塾师,在成

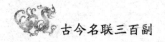

都经商,也从事民间写作。1929年创办《师亮随刊》,风行四川,颇有影响。被称为讽刺大师。有《师亮谐稿》《师亮对联》。

这是一副讽刺旧社会腐败政府搜刮民财的妙联。国民党统治时期,苛捐杂税多如牛毛,老百姓挑一担粪也纳税。师亮愤而写此联。

上联痛诉"屎有税"前所未有,千古奇闻。下联说,税目繁多,无物不税,只剩下屁无捐税了。全联痛斥了腐败政府名目繁多的苛捐杂税,淋漓尽致,入木三分。有夸张,有幽默,话题沉重。是带泪的笑!作者还有一联:

米一斗一元,儿一个半元,剧怜载道流亡,人价不如米价贵;

田一亩八税,货一件百税,要过沿途关卡,捐钱还比本钱多。

37.早去三朝天有眼;迟走几日地无皮。

宋人洪咨夔(1176—1236)的《狐鼠》讽刺贪官污吏,抨击官场黑暗,同情百姓疾苦:狐鼠擅一窟,虎蛇行九逵。不论天有眼,但管地无皮。吏鸷肥如瓠,民鱼烂欲糜。交征谁敢问?空想素丝诗。

解放前,四川崇庆县叶某曾任县长。他在任期巧取豪夺,重利盘剥,百姓怨声载道。他走后,人们特立了一块劣政碑,刻上此联。

"老天有眼",属民间俗话。旧时常言老天爷心明眼亮,能明断是非曲直。朝,早晨,一日。"三朝",非确指,也是几日之意。用"三朝",是免于与下联的"几日"重字。上联讲,像叶某这样贪得无厌的赃官,早走几天也是老天有眼了,天意。可见百姓对他的怨恨之深。"地无皮",过去人们把搜刮民财叫"刮地皮"。地皮,比喻民财。下联说,假如这种人再晚走几天,这里的民财就会让他刮尽了。联语言简意赅,既形象又深刻,充分表达了人民群众憎恨贪官、盼望清官的迫切心情。

《南亭联话》卷三有"早去一天天有眼;再留此地地无皮"。时人撰联云:"原仲再来天开眼;大方不去地无皮。"《消夏闲记摘抄》又载:清乾隆时,山东巡抚徐士林(东海)教民节俭,而按察使乌程人、戴用椿则贪婪无比。有人撰联云:"东海重来天有眼;乌奴不去地无皮。"上联喜迎清官的到来,下联则与第一联同意,憎恶赃官。

38.鼠因粮绝潜踪去;犬为家贫放胆眠。

徐英,字振烈,福建人。邻人称其为徐五。以屠宰为业。喜读书、击剑,吟诗作联。此联为自题居室联。

上联,老鼠因所居家中无粮可食而悄悄溜走了。唐代诗人曹邺《官仓鼠》有"官仓老鼠大如斗,见人开仓亦不走"的名句。因为官仓粮多鼠不走。此联怒斥了如老鼠一样吸取劳动人民血汗的贪官污吏。家中穷得连一粒粮食也没有,把老鼠都饿跑了!

下联,普通农家养狗,是为了看家护院。子不嫌母丑,狗不厌家贫。因为家贫无人来盗,于是,狗也可以放心大胆地睡觉了。

此联以大胆的夸张、丰富的想象,通过对鼠和狗的表现的侧面描写,把家贫渲染到极点。借贫斥富,以贫斥贪。构思巧妙,联想丰富,诙谐有趣,确是醒世佳联。

39.书山有路勤为径;学海无涯苦作舟。

谷向阳《中国楹联学概论》称,作者是《大公报》记者王芸生。

这是一副流传很广的格言联。许多有志青年把它当作奋发学习的座右铭。联语把人类积累起来的知识比作高山,喻作大海,形象而又恰切。登山要有途径,渡海要有舟船。面对书山,以何为径去攀登呢? ——勤奋。面对学海,以何为舟来横渡呢?——刻苦。

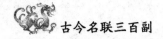

在科学的大道上没有平坦的大道可走。只有在那崎岖山路上不断攀登而不畏劳苦的人,才有希望到达光辉的顶点。(马克思语)

勤是千疾良药,懒为万恶源。玩物能丧志,吃苦是良图。要想有作为,请从勤奋、刻苦开始。

40.宝剑锋从磨砺出;梅花香自苦寒来。

沈觐寿集旧句自题书斋联。传统著名格言联。

高明《琵琶记·旌表》:"不是一番寒彻骨,怎得梅花扑鼻香。"

宝剑经过磨砺其刃才能锋利;梅花经过严寒才能放出芳香。青少年只有经风雨,见世面,通过磨炼、奋斗,受到一些挫折、磨难,才更能增长才干,才可能获得成功。风雨之后才能见彩虹。只有经过长期艰辛的劳动,才能获得丰硕的劳动成果或科研硕果。

41.春蚕到死丝方尽;蜡炬成灰泪始干。

李商隐(约813—约858)字义山,号玉溪生,河南沁阳人。受牛僧儒党排挤,终生潦倒。其诗感慨讽喻,有深度。有些诗能反映民间疾苦,揭露宦官擅政暴虐,表现出见识和胆量。几首无题诗都是千锤百炼的佳作。深情绵邈,典雅华丽,属对工整,形象鲜明。工于比兴,深于寄托,具有独特的艺术风格。他的爱情诗对后代影响很大。晚唐诗人中,他的诗歌艺术成绩最高。他与杜牧并称为小"李杜"。

此联出于其《无题》诗中。该联以春蚕丝尽、蜡泪流干比喻对爱情专一、至死不渝之情。比喻生动形象,令人过目不忘。后又引申为对理想或事业的追求鞠躬尽瘁,死而后已。此联深情绵邈,属对工整,形象生动,历来为人们所喜爱,广为传诵。

42.良药苦口利于病;忠言逆耳利于行。

《韩非子·外储说》:"夫良药苦于口,而智者劝而饮之,知其入而已已疾也。忠言拂于耳,而明主听之,知其可以致功也。"《史记·留侯世家》中张良直谏刘邦:"毒药苦口利于病,忠言逆耳利于行。"《三国志·吴志》:"良药苦口,惟疾者能甘之;忠言逆耳,惟达者能受之。"忠言,忠诚正直之言。良药,治病效果好、副作用小的药。

欧阳修《论台谏官唐介等宜早牵复札子》:自古人主听言也,亦有难有易,在知其术而已。夫忠邪并进于前,而公论与私言交入于耳,此所以听之难也。若知其人之忠邪,辨其言之公私,则听之易也。凡言之拙而直,逆耳违意,初闻若可恶者,此忠臣之言也。言婉而顺,希旨合意,初闻若可喜者,邪臣之言也。……凡明言于外,不畏人知者,皆公言也。……凡阴有奏陈而畏人知者,皆挟私之说也。

"汤武以谔谔而昌,桀纣以唯唯而亡。"千人之诺诺,不如一士之谔谔。顺情说好话,耿直讨人嫌。绝大多数人都愿听恭维话、赞颂话,不愿听批评、反对的话。愿讲功绩,不愿讲错误。兼听则明,偏听则暗。而奸者唯唯,绝对服从,总是迎合当权、得势者,投其所好;正直者诚而实言,多让当权者讨厌。良药苦口利于病,容易让病人认识到而忍苦咽之,以便早日康复。忠言逆耳利于行,理易懂,不易行,不易使一意孤行的专制者所接受,却易惹怒当权者。非雄才大略者、胸怀开阔者不能听逆耳忠言。忠臣、直谏者多不被重用反而被害。伍子胥、晁错、岳飞、袁崇焕何以死耶?历史上闻过则喜者,能有几人?

43.清风有意难留我;明月无心自照人。

王夫之(1619—1692)字而农,号薑斋,湖南衡阳人。晚年居衡阳石船山,世称船山先生。明亡,在衡山举兵起义,阻击清军南下,败退。因反对王化澄几陷大狱。辗转湘鄂,窜身瑶洞,伏处深山,刻苦钻研,勤恳著述40年。一生坚持爱国主义和唯物主义战斗精神,至死不渝。学术成就很大,对许多学科都有研究。在哲学上总结和发展了唯物主义。政治上反对豪强大地主。有《船山遗书》。

此联题于湖南衡阳湘西草堂,是王夫之晚年隐居著述之地。

此联是抗清失败后所作。明亡后,他忠心不改,至死不剃胡髭。无论天气雨晴,出门都要打伞,以示与满清不共戴天。清廷有意招他做官,他严词拒绝。为表决心,书此联悬于门。上下联寓意双关,"清风"既指清风,又隐喻清朝;"明月"既指明月,又隐喻明朝。意为,清朝用我,我不待候;明朝虽亡,也忠心不改。表现出崇高的民族气节。寓意隐晦,不得已而为之。

44.苟利国家生死以;岂因祸福避趋之。

林则徐(1785—1850)字少穆,福建闽侯人。嘉庆进士。1838年在湖广总督任内,禁止鸦片,卓著成效,为禁烟派代表人物。严令英美烟贩交出237万斤鸦片,在虎门当众销毁。积极筹备海防,屡次打退英军武装挑衅。后因投降派诬陷,被革职。充军新疆,因病辞归。能诗文,有《林文忠公政书》。

此联为其诗《赴戍登程口占示家人》中的颔联。

《左传·昭公四年》:"郑子产作丘赋,国人谤之……子产曰:'何害?苟利社稷,死生以之'。"苟:如果,假设。社稷,国家。上联意为:如果有利于国家,可以用我个人的生死换之。下联意为:怎么能因为国家遇难而躲避;因于我有利可图而趋附之呢?只要有利于国家,不管生死也要去做。立身行事,不能因一己之利而趋利避害。作者很喜欢这两句诗,常吟咏之,以表其志。表达了他关心民族命运,不顾个人安危的爱国情操。

45.计利当计天下利;求名应求万世名。

于右任(1879—1964)名伯循,陕西三原人。清末举人,书法家。早年追随孙中山革命。后去台湾,任台湾国民党监察院院长。

《荀子·王霸》:"兴天下同利,除天下同害,天下归之。"明方孝孺《杂戒》:"君子之为利,利人;小人之为利,利己。"北宋张载《性理拾遗》:"利,利于民则可谓利,利于身、利于国皆非利也。"清顾炎武《日知录》:"古人求末世之名,今人求当时之名。"集前人论名利之精要,撰成此联,表达了以民族、国家为重的爱国之情。

此联为1961年于右任题赠蒋经国的。蒋经国(1910—1988),蒋介石之子,曾留学苏联。1949年去台湾。当时任国民党总政作战部主任。于希望他能以天下为己任,为国家和民族的命运着想。这样,可功在社稷,名垂青史。计算利益应计天下万民之大利,不应个人私利;求取功名应取万世之名,不应取一时之名。想的是天下、万世,可见心胸之开阔。

1982年7月24日,廖承志在致蒋经国的信中,曾引用此联,推心置腹地劝说蒋经国要深明大义,为国家的统一做出贡献。

46.诸葛一生唯谨慎;吕端大事不糊涂。

李贽(1527—1602),号卓吾,福建晋江人。做过云南姚安知府。以"异端"自居,提出"穿衣吃饭即是人伦物理"的见解,主张重视功利。对封建传统教条和假道学进行了大胆揭露。认为儒家经典只是当时弟子的随笔记录,非"万世之至论",反对以孔子之是非为是非。被统治者以"敢倡乱道,惑世诬民"罪名迫害而死。有《焚书》《续焚书》《藏书》《李温陵集》。这是李贽《藏书》中的集句联。

诸葛亮(181—234)字孔明,山东沂南人。三国时政治家、军事家。隐居隆中,关心世事,知晓天下,被称"卧龙"。刘备三顾茅庐,他向刘备指出占据荆、益二州,联吴抗曹,统一全国的建议被刘备采纳,后助刘建立蜀汉政权,他任宰相。他足智多谋,善断,一生谨慎。《前出师表》云:"先帝知臣谨慎,故临崩寄臣以大事也。"

吕端(935—1000)字易直,幽州安次(今属河北)人。《宋史·吕端传》:太宗要任吕端为丞相,有人说吕端糊涂。太宗说,吕端小事糊涂,大事不糊涂。于是决定用他做丞相。

"水至清则无鱼,人至察则无徒。冕而前旒,所以蔽明。"东方朔《答客难》:明有所不见,聪有所不闻。举大德,赦小过,无求备于一人之义也。人做事不能事事较真,要小事糊涂,大事认真。一定要大度,要能忍事,能容人。毛泽东曾将此联题赠叶剑英。

47. 书有未曾经我读;事无不可对人言。

有联书称作者为欧阳修(1007—1072,字永叔,号醉翁,晚号六一居士。江西永丰人。宋文学家、政治家,唐宋八大家之一),还有说为苏东坡所作。未知所据。

知识就是力量。书籍是知识的海洋。古今中外,书籍之多,不计其数。而每个人一生的时间和精力是有限的。求知欲再强,也不可能读完所有的书。因此,只能有选择地读好书,尽可能多地读书,但不可能全读完。

一个人只有诚实守信,襟怀坦荡,光明磊落,站得直、走得正,才能做到"事无不可对人言"。明人不做暗事。心底无私,没做肮脏见不得人的事,就会一切敢于公开、透明,无所隐私。至于个人的不丧良心、道德的隐私和军事秘密等,则是另一码事。

另有联:昌黎文必自己出;君实事可对人言。(韩愈,世称韩昌黎。司马光,字君实。)梁章钜联:政唯求于民便;事皆可与人言。

48.欲除烦恼须无我;历尽艰难好做人。

俞樾(1821—1907)字荫甫,号曲园,浙江德清人。清学者,道光进士。官至翰林院编修,河南学政。晚年讲学。有《春在堂全书》。

苏轼《定风波》:"长恨此身非我有,何时忘却营营。"陶铸《七律·赠曾志》诗云:"如烟往事俱忘却,心底无私天地宽。"

"万事如意"办不到,趋利避害而不能,失利受损则生烦恼。总是以我为中心,以私为轴心,必生烦恼。心胸开阔,目光向远,无我无私,对世界、对生活有乐观态度,"看破红尘",就会少烦恼,近于无烦恼。豁达、大度,遇事想得开,就少生烦恼。正确对待别人,正确对待自己,有自知之明,也少生烦恼。看透名、利二字,才能免除烦恼。

孟子曰:"天将降大任于斯人也,必先苦其心志,劳其筋骨,饿其体肤,空乏其身,行拂乱其所为……"历尽磨难,阅遍沧桑,对事物有更多的了解,对世界有更深刻的认识,才好做人。

49.能吃苦方为志士;肯吃亏不是痴人。

梁同书(1723—1815)字元颖,号山舟,杭州人。清书法家。

《孟子·告子上》:"天降将大任于斯人也,必先苦其心志,劳其筋骨,饿其体肤……生于忧患,而死于安乐也。"成功者多是饱尝人间苦难,历尽世上艰辛,自强不息,坚忍不拔,奋勇进击的人。

所言既是实话,也是忠言。同样,那些"聪明反被聪明误"的所谓"精人",投机取巧、自私自利的人,不会有作为。蒋士铨联云:

欣咸相同,为人莫想欢娱,欢娱即是烦恼;
福命不大,处事休辞劳苦,劳苦乃得安康。

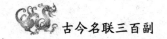

50.精神到处文章老;学问深时意气平。

石韫玉(1756—1837)字执如,号琢堂,又号独学老人,江苏丹阳人。乾隆五十五年状元。官至山东按察使。晚主江南诸书院。有《独学庐稿》。

写文章考虑全面了,面面俱到,往往就没有青年人的那种朝气了,难有创见了。伤其十指不如断其一指。学问多了,理智绝对控制感情,就会平淡无奇,缺少激情,不能打动人。

初生牛犊不怕虎。青年人缺经验,有闯劲,利于创新。老年人经验丰富,考虑得全面,比较保守,决断时往往犹豫不决。具有大量知识的专家,有时比新手更易滥用知识,而使解决问题的方案不必要地复杂化。

51.与有肝胆人共事;从无字句处读书。

此联是周恩来青年时代的自勉之作,很有奇逸之气。

上联讲交友处世。肝胆,在这里,比喻真诚的心意,如;肝胆照人。有肝胆的人,就是有理想、有气节、讲正气的人。与这种人合作共事,能高瞻远瞩,真诚相见,荣辱与共,终身受益。下联讲读书求知。学习不要迷信古人,不要拘泥于书本,更重要的是要向社会实践广泛地学习,社会是学习社会科学的最好课堂;要向人民群众学习,人民群众是最好的老师。只有这样学,才能学到真知识。在社会实践中学习,可以开阔视野,增长见识,学到有字句处学不到的知识。陶行知题晓庄师范联:以宇宙为教室;奉自然做宗师。

此联言简意深,深入浅出,平中见奇,久为传诵。

陈维英《太古巢联集》联:

三顿饭,数杯茶,一炉香,万卷书,何必向尘寰外求真仙佛;

晓露花,午风竹,晚山霞,夜江月,都于无字句处寓大文章。

52.真读书人天下少;不如意事古今多。

金圣叹(1608—1661)名采,字圣叹,江苏吴县人。因哭庙案被杀。有才名,喜批书。自负其才,肆言无忌。有《沉吟楼诗选》。

官场真为民者少;民间想赚钱的多。诗味可助酒,妙词难为餐。人们生来多为生计或名利而忙忙碌碌,很少有真心读书求知者。那些大科学家、大文学家等,他们取得成就则是执着追求、孜孜不倦的结果。得到的荣誉和金钱只是他们奋斗成果的无意的派生物。他们才是真读书人。但不是只读书本、死读书、读死书的人,而是同时也重实践的人。

人世难逢开口笑。"万事如意""心想事成"只是吉祥语而已。大多数平民都是坎坎坷坷苦苦地熬煎一生,一帆风顺者甚少。

《巧对续录》有联运:不如意事常八九;可与言人无二三。

53.横眉冷对千夫指;俯首甘为孺子牛。

鲁迅(1881—1936)原名周树人,字豫才,浙江绍兴人。中国现代伟大的文学家、思想家、革命家。作品见《鲁迅全集》20卷。

1932年10月5日,郁达夫请鲁迅等饮于上海"聚丰园"。散席后达夫取出素绢请来宾题字留念。鲁迅欣然命笔写下此联。一周后又续成七律:

运交华盖欲何求,未敢翻身已碰头。

破帽遮颜过闹市,漏船载酒泛中流。

横眉冷对千夫指,俯首甘为孺子牛。

躲进小楼成一统,管它冬夏与春秋。(鲁迅《集外集·自嘲》)

横眉:形容怒目而视的样子。《汉书·王嘉传》:"里谚曰:'千人所指,无病而死。'""千人"即"千夫",原指群众,此指敌人。

《左传·哀公六年》:齐景公跟儿子嬉戏,口衔绳,装作牛,让儿子牵着走。儿子跌倒,扯掉其牙齿。洪亮吉《北江诗话》中钱季重联云:"酒酣或化庄生蝶,饭饱甘为孺子牛。"鲁迅说"偷得半联",或指化用此后半联吧。鲁迅化用,已改原意。孺子,"孩子",此指人民。可谓化腐朽为神奇。

全联意思为:怒目冷对敌人的恶毒攻击,心甘情愿地做人民大众的牛。充分表达了鲁迅对人民和敌人爱憎分明的立场和思想感情。

54.但得无限好夕阳;何须惆怅近黄昏。

朱自清(1898-1948)字佩弦,江苏扬州人。现代散文家诗人。

借李商隐《登乐游原》中"夕阳无限好,只是近黄昏"的诗句,反其意而用之。熔铸旧句,赋以新意,充分表现了他热爱生活,励志奋斗的精神。不求律工,重在意新。

中国已进入老龄社会,60岁以上的人口占12%。这些人是社会的一笔巨大的财富,不发挥他们的作用是巨大的浪费。

美籍德人塞缪尔·厄尔曼大器晚成,作《青春》云:

青春不是年华,而是心境;青春不是桃面、丹唇、柔膝,而是深沉的意志、恢宏的想象、炽热的感情;青春是生命的深泉在涌流。

青春气贯长虹,勇锐盖过怯弱,进取压倒苟安。如此锐气,二十后生有之,六十男子则更多见。年岁有加,并非垂老;理想丢弃,方堕暮年。岁月悠悠,衰微只及皮肤;热忱抛却,颓唐必致灵魂。忧烦、惶恐、丧失自信,定使心灵扭曲,意气如灰。

无论年届花甲,抑或二八芳龄,心中皆有生命之快乐,奇迹之诱惑,孩童般天真久盛不衰。人人心中皆有一台天线,只要你从天上接收人间美好、希望、欢乐、勇气和力量的信号,你就青春永驻,风华常存。一旦天线降下,锐气便被冰雪覆盖。玩世不恭、自暴自弃油然而生。即便年方二十,实已垂垂老矣;然则只要竖起天线,捕捉乐观信号,你就有望在八十高龄告别尘寰时仍觉年轻。

老骥伏枥,志在千里。烈士暮年,壮心不已。

55.立身苦被浮名累;涉世无如本色难。

张炳堃(约1815—?),字鹤甫,号鹿仙,浙江平湖人。道光进士,官至湖北粮道。有《抱山楼词》。此为集《圣教序》句联。

四川峨眉山报国寺方丈寺联。据说,1935年,于右任游报国寺,见方丈好名之心未泯,有感而题此联。

上联讲,立身被浮名所累,名缰利锁,忙忙碌碌,有人还终生不悟。儒家历来重视名声。佛教却认为,一切世俗的差别、界限,终属虚幻,浮名不值得去苦苦追求。因求名带来的烦恼,更伤身心。下联说,处世最难的是保持自己的本来面目。人生在世,常受社会习惯、道德、伦理等观念的束缚,还受环境和利益的制约。处世不能不有些应酬,要按照自己本来的纯洁的心志去行事,实在不易。看透名利二字,保持本色,内方外圆实为上策。联语贴近人生之尴尬,深入浅出,鞭辟入里。

56.假作真时真亦假;无为有处有还无。

曹雪芹(1716—1763),名沾,又字雪芹、芹圃、芹溪。他早年经历了一段大官僚地主家庭的繁华生活,后因家道中落,趋于贫困。性情高傲,嗜酒健谈。贫病而卒。著《红楼梦》(原名《石头记》),"披阅十载,增删五次",是我国古典小说中最伟大的现实主义作品。今传本120回,后40回为高鹗所续。

此联为《红楼梦》第一回"太虚幻境"中的一副对联。

把假的当作真的,真的也就被认为是假的;把没有的当作有的,有的也就被认为是无了。真真假假,虚虚幻幻。

小说中故意以甄(真)乱贾(假),以假作真。太虚幻境是假的,但涉及的人物和他们的命运却是真的。假与真、无与有,虚无缥缈的幻境与纷繁复杂的现实生活交织在一起,造成一种真真假假、虚虚实实的艺术氛围,令人扑朔迷离,真假难辨。联语提醒人们,应处处警觉,时时清醒,谨防上当受骗,务辨真假、有无,深具哲理。该书116回又有:假去真来真胜假;无原有是有非无。

57.时来天地皆同力;运去英雄不自由

罗隐(833—909),字昭谏,浙江桐庐人。屡试不第。55岁时,投奔钱镠,隐为给事中。其诗多讽刺现实之作,揭露社会矛盾十分深刻。散文笔锋犀利。有《罗昭谏集》。此联出自其《筹笔驿》诗。

上联,罗隐《谗书·道不在人》:时也者,机也。道不可以无时。赤壁大战时,诸葛亮凭借长江天险,又借东风,一把火尽烧曹操战船,使蜀连吴抗曹取得了重大胜利。与强敌相比,诸葛亮尽占天时、地利、人和,因而能成就业绩。下联说,三国后期,刘备、关羽、马超等先后去世,蜀主刘禅昏庸无能。一统中原的宏图大志化为泡影。可见,时运、机遇在成功中的重大作用,必须予以足够重视。

此联感叹蜀国的兴衰。诸葛亮的成败与时运关系至密。时运不济,孔明光复汉室力不从心。尽管他才华横溢,无人可比,也只能落得"出师未捷身先死"(杜甫《蜀相》)的结局。作者用历史这面镜子,在缅怀诸葛亮的同时,也表达了诗人对时局的忧虑。

58.行无愧怍心常坦;身处艰难气若虹。

陈独秀(1879—1942),字仲甫,安徽怀定人。1915年主编《新青年》,提倡新文化,宣传马克思主义。1921年7月,中国共产党成立,他当选为中央总书记。因实行右倾路线,1927年在党的八七会议上被撤销总书记职务。1929年11月被开除出党。

毛泽东说:"他是五四运动时期的总司令,整个运动实际上是他领导的。"(《毛泽东文集》第3卷,第294页)有《独秀文存》等。

《孟子·尽心上》:"君子有三乐……仰不愧于天,俯不怍于人,二乐也。""愧怍",惭愧。没做愧对人的事,心里坦然;身处艰难之时,仍气贯长虹。

此联是陈独秀赠给到南京监狱去看望他的好友刘海粟的。表明自己虽然犯过错误,但光明磊落,心地坦然,没有做过对不起人民的事。联语纵横恣肆,大气磅礴。真实地记录了陈独秀的坦荡胸怀。

59.友如作画须求淡;文似看山不喜平。

这是集句联。《礼记》:"君子之交淡如水",小人之交甜如蜜。元代翁朗夫《尚湖晚步》:"友如作画须求淡,山似论文不喜平。"

做人贵直(正直、诚实),作文贵曲(曲折、含蓄)。上联讲交友之道。人无千日好,花无百日红。常常是因利而聚,因利而散。黄金易得,知己难求。居必择邻,友必求正。下联讲作文之理,文以载道,言必己出,新颖独特。平淡无奇,谁人爱看?

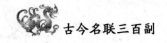

60.君王有罪无人问;古树无辜受锁枷。

某人题北京景山公园古槐树联。

明末,李自成农民起义军占领北京城。崇祯帝朱由检见大势已去,在景山东麓一棵古槐树上吊死。清朝统治者为了笼络人心,说此树是"罪树",故用铁锁锁上。

此联采用对比手法,形象鲜明地道出了无罪加刑、有罪不纠的不合理的封建社会。讽刺有力,道出不平。

旧社会讲,礼不下庶人,刑不上大夫。罪更不能责君王。一棵没生命、灵魂的槐树却被上了锁,实属无辜。

61.救民安有息肩日;革命方为绝顶人。

作者为冯玉祥(见第9页《人民为主宰》的介绍)。

息肩:卸去肩上重担,使肩头得到休息。《后汉书·帝纪第一·光武》:"初,帝在兵间,久厌武事,且知天下疲耗,思乐息肩。"作为一个有责任的中国人,国难当头时,肩负着救国救民的重任,是没有休息的时日的。革命与否是衡量一个人好坏的标准,只有革命才是最好的人。语言铿锵,掷地有声。

他在赠其侄冯洪谦联中云:孝子贤孙,须先救国;志士仁人,最重保民。以救国为孝贤的标准,以保民为志士仁人的标准。冯将军的肺腑之言,使我们看到了他的爱国爱民的赤诚之心。一心抗战,一心救国,一心保民。赤子之心,日月可鉴。

《楹联丛话·集句》中柳诚悬有集字成联者:穷经安有息肩日;学道方为绝顶人。志异联也异,联如其人。

62.青山有幸埋忠骨;白铁无辜铸佞臣。

松江女史,是清代松江(今属上海)一位姓徐的女子。此联是她为杭州西湖岳墓的题联。

岳飞(1103—1142),字鹏举,河南汤阴人。南宋抗金名将,力主抗金,曾因上书高宗反对南迁被革职。他抗金屡建战功,收复许多失地。高宗、秦桧一心求和,下令退兵。他回临安后,被解除兵权,不久被诬谋反,下狱,以"莫须有"的罪名被冤杀。忠臣不得好死,爱国少有善终。伍子胥、袁崇焕、于谦⋯不计其数,皆为冤杀。

岳墓墓道下有陷害岳飞的秦桧、张俊等4人的铁铸跪像。苍松翠柏的青山掩埋岳飞的忠骨是有幸的,反衬出忠骨的可贵。而好端端的白铁却被铸成了善以花言巧语献媚的奸臣之相,终年遭人唾骂,确属无辜,反衬出佞臣的可恶。

全联构思巧妙,对比鲜明,赋予青山和白铁以人格化,淋漓尽致地抒发了作者分明的爱憎感情。

吴迈题西湖岳墓:"正邪自古同冰炭;毁誉于今判伪真。"

63.暂借荆山栖彩凤;聊将紫水活蛟龙。

冯云山(约1815—1852),广东花县人。太平天国领导人之一。塾师出身。1843年与洪秀全创立拜上帝会,次年同到广西桂平活动。后来入桂平紫荆山当雇工,吸收杨秀清、萧朝贵并组织贫农和烧炭工两三千人参加拜上帝会。1847年洪秀全再到广西,决定以紫荆山为基地,积蓄革命力量。1851年1月,在广西桂平金田村起义。冯云山任前导副军师,领后军主将。

上联,暂时借助紫荆山潜伏革命力量("栖彩凤"),秘密积蓄革命力量,做好充分准备,积极创造条件,等待时机,随机举行起义。下联,聊:依靠,凭借。紫水:指浔江(下游为"红水河",水色红紫)。蛟龙:广西多以龙、凤为地名,这里指革命队伍。下联说,以浔江为根据地,不断壮大革命力量,活跃革命行动,促使革命成功。

此联极切地理,以联言志,起到宣传革命、发动群众作用。

64.哪有心神看跑马;正应筹策补亡羊。

这是抗战时期上海跑马厅在一幅长白布上写的一副对联。

《战国策·楚策四》:"见兔而顾犬,未为晚也;亡羊而补牢,未为迟也。"意为:羊从圈中逃跑了,再去修补羊圈,还不算晚。比喻出了问题,想办法补救,可以防止再受损失。

当时有些人吃喝玩乐,满心思看跑马;许多人心急如焚,忙于抗日救国。联语号召人们为挽救祖国而全力以赴,奋起斗争,激发了人们的爱国热情。

此联对仗工整,切中时弊,表现了作者强烈的爱国精神。

65.斧头劈开新世界;镰刀割断旧乾坤。

作者何氏父子。父何永瑞,20世纪30年代在四川达县梓桐乡以教书为业。子何利泽在红三十军政治部宣传科。

这是1933年8月红四军长征至达县梓桐乡红三十军的驻地石门两旁石柱上的一副对联。1958年达县修建烈士陵园,老红军、民政科长吴德怀到梓桐征集史料,群众告诉了他这副对联。其复制品现陈列于国家博物馆中。

斧头(应是铁锤)是工具,代表工人阶级。中共党旗图案也是铁锤、镰刀。共产国际的图形标志是画着一个工人举起大锤要砸碎套在地球上的锁链。镰刀是农具,代表贫苦农民群众。后来把铁锤、镰刀相接的图案绘制在长方红旗的左上部,成为中国共产党党旗。工农红军军旗上也有铁锤、镰刀。它象征着中国共产党是工农的党,军队是工农的军队,代表着工农的利益,为工农的解放而奋斗。

此联形象地表达了在党的领导下,工农大众奋起砸烂旧世界,建立新中国的崇高理想和坚定信念。联语感情真挚,气势磅礴。它形象地表现了革命人民砸烂旧世界,开辟新世界的勇敢斗争精神,洋溢着革命的英雄气概和乐观主义精神,被称为"长征第一联"。

《红岩》华莹山石刻联是:斧头劈翻旧世界;镰刀开出新乾坤。

66.业精于勤荒于嬉;行成于思毁于随。

韩愈(768—824)字退之,河南孟县人。贞元进士,曾官至监察御史、国子博士、刑部侍郎。因谏阻宪宗迎佛骨,被贬为潮州刺史。他列唐宋八大家之首,古文运动的倡导者。主张文以载道,言之有物,词必己出。散文颇多创新。有《韩昌黎集》。

此联为《进学解》文中名句。上联,嬉:游戏,玩耍。从业必须勤奋而又执着。孜孜不倦,持之以恒,才能有所成就。

下联,《论语》:"学而不思则罔,思而不学则殆。""三思而后行。"《孟子·告子上》:"心之官则思。思则得之,不思则不得也。"

毛泽东《学习和时局》:"凡事应该用脑筋好好想一想。俗话说:'眉头一皱,计上心来。'就是说多想出智慧。要去掉浓厚的盲目性,必须提倡思索,学会分析事物的方法,养成分析的习惯。"

只有认真独立思考,不人云亦云,才能有所发现、有所创新。

67.推倒一世之智勇;开拓万古之心胸。

陈亮(1143—1194)字同甫,世称龙川先生,浙江永康人。南宋思想家、文学家。光宗策进士第一。为人才气超迈,喜谈兵论政。作《中兴五论》,反对和议,力主抗金。遭当权者嫉恨,屡次被捕入狱。出狱后志气益励。所作政论气势纵横,笔锋犀利;词作感情激越,风格豪放,表现出他的政治抱负。著有《龙川文集》《龙川词》。

此联见《甲辰答朱元晦书》。朱熹,字元晦,宋代理学集大成者。

联语表达了作者敢为天下先、勇于开拓创新的精神,可看出作者的非凡魄力、博大胸怀和雄心壮志。可谓豪言壮语。宋武帝刘裕读谢庄《月赋》叹道:"可谓前不见古人,后不见来者"是也。

陈独秀题芜湖科学图书社:推倒一时豪杰;扩拓万古心胸。

68.福如东海长流水;寿比南山不老松。

此联是一副传统福寿联,长期广泛流传于民间。

《诗·小雅·天保》:"如月之恒,如日之升,如南山之寿,不骞不崩。"明代洪梗《清平山堂话本》:"寿比南山,福如东海。"

此联既有比喻,又有夸张,通俗而又形象生动地表达出老年人福大寿长的美好愿望,尽如人意。上联祝福大,下联愿寿长。视野开阔,形象鲜明,语言通俗易懂,明白如话,为广大群众喜闻乐见。

69.天增岁月人增寿;春满乾坤福满门。

这是一副吉祥的讲寿、福的传统春联。

天时如流水,岁月不待人。时间又过一年,人们又增一岁。乾坤:《周易》中的两个卦名,指阴阳两种对立的势力。又引申为天地、男女、父母等的代称。此指天地。春意充满天地,福气洋溢各家。皆喜庆吉祥之语,增添了许多节日的欢乐气氛。

有人将上下联各改一字:天增岁月人增志;春满乾坤喜满门。

70.生意兴隆通四海;财源茂盛达三江。

这是一副通用的商业部门的行业联,流传甚广。

联语用夸张手法,表达了商人生意兴隆、财源旺盛的美好愿望。

用现代交通工具通四海、达三江是很容易的事,而在古代则是很难的事。因此,通四海自是"兴隆",达三江当然"茂盛"。

71.事以利人皆德业;言能益世即文章。

魏源(1794—1857)字默深,湖南邵阳人。道光进士,官至高邮知州。清思想家、史学家、文学家。此联自题书斋。

以"利人"作为德业的标准;以"益世"作为文章好坏的标准,一语中的,说中要害,引人深思。利人必去私、忘我;益世必为公、为民。如此之人,绝非庸俗之辈。

72.荷尽已无擎雨盖;菊残犹有傲霜枝。

苏轼(1037—1101)字子瞻,号东坡居士,四川眉州人。嘉祐进士。与父洵、弟辙同为唐宋八大家。官至礼部尚书,多次遭贬,一生不得志。其文汪洋恣肆,明白畅达;其诗清新豪迈,善用比喻夸张,独具风格。其词开豪放一派,影响深远。文学成绩两宋第一。

此联是苏轼诗《赠刘景文》前两句,后两句是:一年好景君须记,正是橙黄橘绿时。刘季孙(1033—1092)字景文,河南开封人。宋哲宗元祐中以左藏库副使为两浙兵马都监。博通史传,好异书、古文。性格豪放,苏轼称为"慷慨奇士"。此诗写于1090年。

全联意为:荷叶败尽,像遮雨的车盖似的叶子全无,已不是夏日那样碧绿茂盛,亭亭玉立。菊花虽已枯萎、零落,但那傲霜挺拔

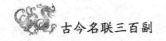

的枝干依然在寒风中挺立。上下联鲜明对比,突出了菊花不畏寒霜的坚强形象。联想到苏轼与当权者政见不同而屡受挫折,虽自己青春已逝,仍乐观向上,并不消沉,一反古人悲秋之情。

73.有心才可做大事;无志谁曾成英雄。

此为本书编者刘志民撰联。

有心:有思想。做事要用心,多想出智慧,勤学长见识。世上无难事,只怕有心人。功夫不负有心人。遇事要留心,处处留心皆学问。李贽《藏书·德业儒臣后论》:农无心则田必芜;工无心则器比陋;学者无心则业必废。无心安可得也……志不归一,终难成事。细心才能少出纰漏。如此,才可做大事,可能成大事。粗心大意,马马虎虎,什么也干不成。

下联,志:志向、志趣、理想、奋斗目标。当你有了奋斗目标时,你将以劳动代替休息。从而,积累经验,有所作为。无志者常立志,有志者立长志。矢志不渝者才是真正有志者。有志令人奋发,无志空活百岁。有志并不断为之奋斗者,即为人杰。志岂可缺耶?

74.有官贫过无官日;去任荣于到任时。

陆陇其,字稼书,康熙时进士,极著政声。他离嘉定任所时,有人赠诗送行,诗中有此联句。

三年清知府,十万雪花银。当官吃俸禄,受贿赂,要比平民富。而此人当官时却比做平民时穷,皆因清廉也。当官出仕,光宗耀祖。而此官去任时倒比上任时光荣,皆因办事公平、公正,深得民心所致,难能可贵。康熙欲令陆主江南,臣报陆已病故。帝叹:"如此人才难再得也。"

杰弗逊任美国两届总统,离任时一贫如洗,负债累累。美国第五任总统詹姆斯·门罗,第七任总统安德鲁·杰克逊(自幼父母双亡),第十一任詹姆斯·波尔克,第十三任米勒·德菲尔·莫尔(出身贫困之家),第二十八任威尔逊皆贫病而死,可见其清廉。

75.未出土时便有节;及凌云处更虚心。

李苦禅(1898—1983)名英杰,号励公,山东高唐人。著名画家,原中央美术学院教授。有《李苦禅画集》。

此为作者题竹画联。竹子未出土时为笋芽——已有段节。当长得高耸入云时,节与节之间还是空的。这是一层意思。节,既指植物茎上生叶和分枝处;又当气节、节操讲。虚心,既指竹节之间的空洞处,又有谦虚之意。因此,上下联又是赞颂虚心而又有气节、节操的人。语意双关,借物咏人。强调人从小就应有气节,长大在高位时,更应该谦虚。

此联用双关和夸张手法写人应有气节,要谦虚的品质。

郑板桥《竹梅图》联:虚心竹有低头叶;傲骨梅无仰面花。

76.美酒饮教微醉后;好花看到半开时。

邵雍《安乐窝中吟》诗句。张文饶先生言:"大凡说话不可著,著则偏。做事不可尽,尽则穷。"《淮南子》:"有荣华者,必有憔悴。"荣华暂时事,必有过去时。

好酒待好友,饮酒助兴,适量微醉,美若神仙。酒过失言,招惹是非。酒大伤身,失态失德。微醉正好。赏花不可在其盛开时节。词云:"桃李休要夸烂漫,已输了春风一半。"凡事欲达目的,不可过,不可不及。应掌握好分寸,做得恰到好处。甜到过头尤觉苦,丑至奇处必为妍。物不可极,物极必反;乐不可极,乐极生悲。

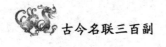

此联以生动恰切的比喻,深入浅出地讲出了中庸之理。中庸的核心就是"无过无不及","执其两端而用其中"。中庸思想是从量上去找出与确定质而反对"左"右倾的思想。中庸就是要掌握好质变之前的微小量变,以适我需。中庸之道,实乃天下之至道,万世之至理。

郑板桥有联云:"处世总无穷竭处;看花全在未开时。"

陈独秀赠陈里鸣联:美酒饮到微醉止;好花看在半开时。

77.歌吟总带忧民泪;颠沛仍怀爱国心。

龚依群(1913—2007)笔名龚亦群,湖南湘潭人。1938年毕业于延安陕北公学。曾任延安鲁艺、延安大学领导干部,中原军区政治部副秘书长。1949年后,历任大学及河南社会科学院领导干部,河南省作协理事、文学学会会长。

杜甫(712—770),唐代大诗人。他的诗(如"三吏""三别"《自京赴奉先咏怀五百字》《茅屋为秋风所破歌》等),沉郁顿挫,忧国忧民,真实地反映了社会现实,被称为"诗史"。他则被称为"诗圣"。他一生穷困潦倒,颠沛流离。

作者围绕杜甫一生的主要业绩——写诗的主题和主要思想——忧民爱国着笔,抓住中心,高度概括,浓缩端出。而一般的墓祠联则是罗列逝者生平事迹,歌功颂德的。只有对杜甫及其诗有全面深刻了解并与杜甫之心相通者才能写出。

78.穿衣莫忘织布女;吃饭当思种田人。

产棉织布做衣服,人人不可少;种地打粮煮饭吃,个个不可缺。官吏、平民都应知农民是我衣食父母。应知盘中餐,粒粒皆辛苦。做官的,应知爱民。不应认为用钱买了,就心安理得,理所当然。

寇准妾茜桃《赠歌者》有"不知织女寒窗下,几度抛梭织得成"的诗句。四川新都宝光寺有联云:

试问世间人:有几个知道饭是米煮?

请看座上佛:亦不过认得田自心来。

四川洪椿坪有联云:一粒米中藏世界;半边锅内煮乾坤。

79.长江后浪推前浪;世上新人换旧人。

宋代文珦《过苕溪》:"只看后浪催前浪,当悟新人换旧人。"

元关汉卿《单刀会》第三折:"长江今经几战场,却正是后浪推前浪。""后浪推前浪"比喻新生事物推动或替换旧事物。

此联采用比兴手法,生动地道出一代胜过一代的道理。自然的长江一浪推一浪地不断地奔腾向前,永不停息。社会的人也不停地新陈代谢,一代传一代,一代胜过一代。历史总的趋势是在不断地前进,而不是后退。

80.遇事虚怀观一是;与人和气察群言。

沈用熙(1810—1899)字薪甫,安徽合肥人。岁贡生。官至宁国训导。作此联时年88岁。见《楹联丛话·集句》。

"是",实事求是。班固《汉书·河间献王传》:"修学好古,实事求是。"颜师古注:"务得事实,每求真是也。"遇到事情应该谦虚谨慎,实事求是,经过调查研究,得出正确结论,做出正确决策。

与人相处,应该和气、热情,了解民声,体察民情。这样,在决策时,才能了解到真实情况,做出符合民意的决断。按民愿办事,才能深得民心。

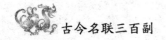

81.生经白刃头方贵;死葬红花骨亦香。

此为红花岗四烈士墓联。墓在广州市黄花岗(原名红花岗)。1927年广州起义失败,大批革命烈士英勇就义。1957年建成烈士陵园。四烈士是在辛亥革命中牺牲的温生才、林冠慈、陈教岳和钟光明。

司马迁《报任安书》曰:"人固有一死,死或重于泰山,或轻于鸿毛。"文天祥《过零丁洋》:"人生自古谁无死,留取丹心照汗青。"

生命诚可贵,自由价更高。若为真理故,二者皆可抛。

白刃,锋利的刀。为了正义事业,为了民族和人民的解放,勇敢顽强地战斗,宁死不屈,舍生取义,就死得重于泰山。

联语说,为了正义事业,死于与敌人面对面的白刃战,更显出生命的可贵;死后葬在红花岗,为革命光荣牺牲,其精神将流芳千古。联语明确地道出革命者的生死观,高度地赞扬了革命烈士为民族的解放事业敢于斗争、不怕牺牲宝贵生命的崇高精神。语言简洁,对仗工整,大气凛然。

死者长已矣,死能伸民志伸国权,死犹不死;

生而为何乎?生则为奴隶为牛马,生也白生。

82.胆欲大而心欲小;智欲圆而行欲方。

孙思邈(581—682),陕西耀县人。唐著名医学家。少时因病学医,对医学有深入的研究。博涉经史百家。他总结了唐以前的临床经验和医学理论,收集方药,著《千金要方》《千金翼方》,在医学上有很大贡献。亡月余容颜不改,举尸就木,犹若空衣。享年102岁。

《旧唐书·孙思邈》:"胆欲大而心欲小,智欲圆而行欲方。《诗》:如临深渊,如履薄冰,谓小心也;赳赳武夫,公侯干城,谓大胆也。

不为利回，不为义疚，行之方也；见机而作，不俟终日，智之圆也。"

又见《文子》："凡人之道，心欲小，志欲大；智欲圆，行欲方；能欲多，事欲少。所谓小心者，虑患未生，戒祸慎微，不敢纵其欲也。志大者，兼包万国一齐殊俗，是非辐辏中为之毂也。智圆者，终始无端，方流四远，渊泉而不竭也。行方者，立直而不挠，素自而不污，穷不易操，达不肆志也。能多者，文武备具，动静中仪，举措废置，曲得其直也。事少者，采要以拥众，抵约以治广，处静以持躁也。故心小者禁于微也；志大者无不怀也；智圆者无不知也；行方者有不为也；事少者约所持也。"

这是孙思邈行医准则，也是古代哲学理念和做人最高境界。

胆欲大，就是要有战胜病魔的胆略、勇气和信心。战略上藐视。心欲小，就是要小心翼翼，认真谨慎地诊治，细致入微。于细微处见精神。细节决定成败。战术上重视。智欲圆，处方用药要周密考虑，圆满周到，对症下药。行欲方，就是行为大方端正，不为私利所转移，见义勇为。志存救济，以仁为本。

作为做人的准则，做事要胆大心细，智慧圆润，行为方正。犹如铜钱，外圆内方；外不殊俗，内不失正。方向正确，方法得当。外柔内刚，绵里藏针。说话和气，行动坚决。

83.悲欢集散一杯酒；南北东西万里程。

甘肃敦煌阳关长亭联。此亭为古人送别处。

原联语出自《西厢记》。"悲欢集散"原句首为"悲欢离合"。改"离合"为"集散"是为了与"东西"相对更工整。

苏轼《水调歌头》云："人有悲欢离合，月有阴晴圆缺，此事古难全。"上联讲，人生不可能万事如意，常有悲欢离合。人们为了谋生，常远走他乡，或外出办事，必有离合。丧事、喜事要设宴饮酒；

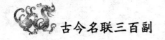

离别、重逢要饯行或接风洗尘。下联讲,人们为了谋生或干事业,常常各奔东西。分别后,相隔万里,彼此惦念。

此联写生活中所常见,言人欲言而未言。语言通俗,概括性强,对仗工整,可谓佳构。

84.修身岂为名传世;做事唯思利及人。

《楹联丛话·格言》:辑《争座位帖》字联。孙中山曾自题此联。

孙中山先生是中国民主革命的先行者。他为推翻满清政府和封建帝制,实现三民主义而奋斗一生。为了民族和人民解放,他不为名,不为利,无私无畏。此联就是他一生的真实写照。他心胸开阔,大公无私,实为古今之圣杰,人中之楷模。大同世界,天下为公。修身、做事皆为利国利民,而非传名、利己也。

85.用钱不可为钱用;驱势莫要被势驱。

乔应甲(1559—1627)字汝儁,号儆我。山西临猗张嵩村人。明万历二十年进士。曾任四川道监察御史。有《半九亭集》。

钱可以用来交换一切商品,是财富的一般代表,是价值尺度、交换手段。以物易物的时代已过去,买各种东西必须用钱。但是,钱是为人服务的,人是钱的主人,要用钱而不要被钱所用。不要为某种利益被别人所收买,贫贱不能移。不择手段、贪赃枉法地赚钱,必受到道德的谴责或法律的制裁。

有权势不要利用权势压人。不讲道理,仗势欺人,终无好下场。要威武不能屈,不媚权势。此联言简意赅,鞭辟入里。

86.浊世生公天大错;人间留我老何为。

谭人凤(1860—1920)号石屏,湖南新化人。13岁中秀才。

1904年加入华兴会,参与筹划长沙起义,因反清而被捕。1906年逃亡日本,加入同盟会。1911年参加黄花岗起义。武昌起义后,任武昌防御使兼招讨使。1916年进行反袁复辟帝制活动。有《石叟牌词叙录》。

这是挽黄兴联。黄兴(1874—1916)是近代著名民主革命家。多次举行武装起义进行反清活动。1911年武昌起义后,被推为革命军总司令;1912年南京政府成立,他任陆军总长;1913年任讨袁军总司令。他是封建专制制度的造反者。

一般挽联多罗列死者生平事迹,歌功颂德。此联却一字不写逝者生平,而是用反语谴责浊世。作为封建社会的叛逆,黄兴生不逢时,是上天的特大错误。而"我"作为黄兴的战友,年近花甲,留在人间,老而无为,自感惭愧。

构思巧妙,别具一格。沉痛悼念逝者,而又自叹无为。

87.直上青天揽日月;欲倾东海洗乾坤。

徐悲鸿(1895-1953),原名寿康,江苏宜兴人。著名画家。早年留学法国,回国后任中央研究院美术研究所所长、北平国立艺术学院院长等职。新中国成立后,任中央美术学院院长、中华全国美术工作者协会主席。有《徐悲鸿素描集》《徐悲鸿油画集》等。

这是新中国成立前徐悲鸿的一副自题联。它寄托着作者高远的志向和博大胸怀。上联是立志攀登艺术高峰。下联是说,现实社会存在不少肮脏丑陋的现象,恨不得搬来整个入东海之水,把它冲洗得干干净净,创造出一个清清洁洁的新世界。揽、洗二字用得雄奇。

联语用大胆夸张和丰富想象,气势豪放,平仄协调,通俗明快。

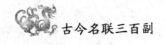

88.日月两轮天地眼；诗书万卷圣贤心。

朱熹(1130—1200)，字元晦，号晦庵，江西婺源人。南宋著名哲学家、教育家。曾任秘阁修撰。广注典籍，从事教育50余年。他的博览和精密分析的学风，对后世学者影响很大。著有《四书章句集注》《周易本义》《诗集传》《楚辞集注》，还有后人辑《晦庵先生朱文公文集》《朱子语类》等。

这是朱熹题白鹿洞书院联。书院在江西庐山五老峰南。唐贞元年间，洛阳人李渤、李涉兄弟隐居于此。李渤驯养一只白鹿，人称"白鹿先生"。南宋淳熙元年(1179)朱熹重建，邀陆九渊到院讲学。此书院是全国重点文物保护单位。

两轮日月是天和地的眼睛，照亮天地、人间；万卷诗书记录着古代圣贤的思想，启迪着人智。眼观日月天地，胸怀圣贤诗书，乃朱子对学子所希望的。命题确当，气度非凡，大有"聚千人于眼下，撮万里于笔端"的气势。

89.高情鹤立昆仑峭；壮思鲸飞渤海宽。

朱珪(1731—1807)，字石君，北京人，乾隆十三年进士，官至礼部尚书、体仁阁大学士。有《知不足斋诗文集》。此为自题联。

王勃《游冀州韩家园序》："高情壮思，有抑扬天地之心；雄笔奇才，有鼓怒风云之气。"高尚的情怀，如挺立在高峻陡峭的昆仑山上翘首企盼的仙鹤；豪壮的情思，如飞游广阔的渤海的巨鲸。豪迈奔放，自由旷达，不同凡响。

90.细剪山云缝破衲；闲捞溪月做蒲团。

浙江杭州西湖南屏禅院净慈寺联。

蒲团,信仰佛教、道教的人,在打坐和跪拜时,用蒲草编成的团形垫具。上联写出家人自甘清苦的生活,下联道出了出家人的悠闲,超然世外。剪山云、捞溪月,用词生动、形象,构思新奇,飘逸、空灵。

河北井陉苍岩山福庆寺联:殿前无灯凭月照;山门不锁待云封。也写云月,富有想象,绘出清幽通灵之境,如诗如画,异曲同工。

91.曲尺能成方圆器;直线调就栋梁材。

此联为行业联——木匠铺联。

曲尺,即古人所说的矩,画方形的用具。《孟子·离娄上》:"不以规矩,不能成方圆。"《周髀算经》:"圆出于方,方出于矩。"上联以木匠干活离不开曲尺为喻,指出高标准的要求,才能造就有用之才。木要成器,犹如人要成才,都必须遵循严格的规范。下联,直线就是木匠用墨斗里的墨线打在木料上的直线。意为,木料要取直,调就成栋梁之材,就必须绳之以墨线。培养人才也如此,必须有正确的思想和方法指导,才能成大器。

此联以行业特征为喻,表达了深刻的人生哲理。借题发挥,语意双关。借物言志,以小见大,通俗易懂,深入浅出,值得玩味。

92.唐虞揖让三杯酒;汤武征诛一局棋。

邵雍(1011—1077)字尧夫,谥康节,哲学家。屡授官不赴。他的象数之学认为宇宙的本原是"太极"。太极永远不变,而天地万物皆有消长、有终始,按照他所说的"先天图"循环变化。有《皇极经世》《伊川击壤集》。此联见其诗《伊川击壤集·卷二十·首尾吟》。

揖让,作揖和谦让,古代宾主相见的礼节。征诛,征讨、诛杀。意为唐尧禅让虞舜有如喝三杯酒;汤武征讨夏桀、周武王征讨商纣

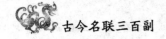

如下一局棋,小大不同而已。微言大义,道出上古君道精神。尧舜都是内圣外王的圣明之君,在进退之间互相揖让而禅位。杯酒言欢,坦率自然,绝无机诈之心。时代变迁,人心不古。到汤武革命便用征伐手段,如棋盘对弈,权谋策略,煞费心机,与上古之大相径庭。李贽《焚书·杂说》:征讨、禅让是何等大的事啊,却当作一杯酒、一盘棋看待,太渺小了!唉!古今才能出众的人,大致都是这样。小中见大,大中见小,这是真理,不是戏言。

93.明者远见于未萌,智者避危于无形。

作者司马相如(约公元前179—约公元前118),字长卿,成都人,汉代最著名的辞赋家。景帝时做过武骑常侍,与卓文君相恋成婚,传为美谈。其赋气势磅礴,想象广阔,辞藻华丽。被扬雄誉为"长卿赋不似从人间来"。此联出自《上书谏猎》。汉武帝穷兵黩武,迷信神仙,奢靡侈费,贪恋女色,沉湎于游猎,近于昏君。相如劝谏与奉承结合得体,武帝称善。

《老子·六十四》:"为之于未有,治之于未乱。""合抱之木,生于毫末;九层之台,起于累土。"要居安思危,见微知著,防微杜渐。人无远虑,必有近忧。要保持清醒头脑,在发现苗头时,就及早应对,及时处理,以免由小拖大,积重难返,造成更大损失。要未雨绸缪,勿临渴掘井。萌:萌生,发芽,刚开始发生。形:形成、形状,表露成型。

本联意为:聪明的人在事端尚未生成时就能预防到,智慧的人在危险还未露头时就能避开它。各行各业都应以预防为主防患于未然。医疗要防于未病,国防要防于未战,经济要预防生产过剩,国家安定要防于贫富两极分化严重等。必须有预见性,否则就谈不上领导。

八　言

1.人生得一知己足矣；斯世当以同怀视之。

何澎(1891—1948)字方谷，号瓦琴，浙江钱塘人。金石篆刻家。这是他集王羲之《兰亭帖》字，请浙江徐时栋写的。徐时栋极称赞此联，并且录入所著《烟屿楼笔记》。鲁迅1933年购得此书，将此联转录给瞿秋白，以表达他们之间的深厚情谊。

《三国志·虞翻别传》：虞翻初为孙权所器重。他常犯颜谏诤，逐渐被疏远，后被放逐南方。他深感孤独，常怀念朋友，不免发出"生无可与语，死以青蝇为吊客，使天下一人知己者，足以无恨"的慨叹。上联有如此意。陆机有"修身悼忧苦，感念同怀子"的诗句。谢灵运《登石门最高顶》："惜无同怀客，共登青云梯。""同怀"，原意为兄弟，一奶同胞。后用以指志趣相投的人。

意为：人的一生得到一位知心朋友就可以满足了，我今生都会把他当作同胞兄弟对待。万两黄金容易得，一个知己却难求。

2.大处着眼，小处着手；群居守口，独居守心。

曾国藩(1811—1872)字涤生，湖南湘乡人，道光进士。清湘军首领。曾任两江总督。"借洋兵助剿"，伙同英人、法人镇压太平军。被斥为汉奸、刽子手和卖国贼。章太炎说："誉之则为圣相，谳之则为元凶"；命以英雄，斥为民贼。有《曾文正公全集》。

上联讲看问题、做事情要目光远大，全局在胸。但具体做来，要从日常小事做起。老子《道德经》：大作于细，难做于易。下联，傅玄《口铭》:"病从口入,祸从口出。"谓语言不慎,会招致祸患。与众人在一起时,说话要特别谨慎,注意影响。隔墙有耳,防止祸从口出。一人独居时,也要严于律己,注意修养,做到问心无愧,暗室无欺。枚乘《上书谏吴王》:"欲人勿闻,莫若勿言;欲人勿知,莫若勿为。"若要人不知,除非己莫为。

曾国藩是封建统治者。如果改变修身的立场,此联犹可借鉴。

3.驱除鞑虏,恢复中华;创立民国,平均地权。

作者为孙中山(介绍见本书第27页)。

1367年宋濂为朱元璋所作《谕中原檄》:"驱逐胡虏,恢复中华;立纲陈纪,救济斯民。"朱元璋率民推翻元朝蒙古统治者对汉族的统治,建立明朝;孙中山领导人民推翻满清对汉族的统治,建立中华民国。

此联是书赠胡毅生的。他是同盟会的纲领。作者把它概括为16字,简明易记,号召力极强。书以此联相赠,旨在宣传革命主张。鞑虏,指清朝统治者。中华,古代华夏族、汉族多建都于黄河南北,在四夷之中,因此称此地为中华。也是古时对华夏族、汉族的称谓。同盟会的纲领就是推翻满清统治,恢复中华民族的统治,创立民主共和国,实行耕者有其田的政策。

吾联云:孙中山一笔勾尽帝制史,古今伟男子;

　　　　毛泽东两拳打翻三座山,世代魁梧人。

4.升官发财,请走别路;贪生怕死,莫入此门。

这是广州黄埔长洲岛创办黄埔军校时所题门联。

联意弘扬黄埔军校办学宗旨是培养公而忘私、英勇无畏的革命武装骨干力量。孙中山见此联后充满激情地说:"好,军人应当如此。"

蒋介石"四一二"政变后,军校性质发生了根本变化。于是,有人将联中"请""莫"二字调换了位置,使之成为入木三分的讽刺联:升官发财,莫走别路;贪生怕死,请入此门。

岳飞云:文官不爱财,武官不怕死,天下太平矣。

5.东不管,西不管,酒管;兴也罢,亡也罢,喝罢。

民间很流行的一副对联。时政腐败,官僚谋私,民不聊生。国情危难日益加深,百姓心急而无奈,以酒浇愁。表现了民众对时局不满和无可奈何地消极反抗。一醉解千愁,酒醒愁犹在。国家兴亡,匹夫有责。正如张养浩《山坡羊·潼关怀古》中所叹:"兴,百姓苦;亡,百姓苦。"兴亡都是百姓苦。还是莫谈国事,只来饮酒吧。

此联重字迭出,感情激愤;自然恰当,雅俗共赏;传于人口,令人喜闻乐见。

6.身无半文,心忧天下;读破万卷,神交古人。

左宗棠(1812—1885)字季高,湖南湘阴人。以镇压太平军有功于朝廷而起家。曾任两江总督、军机大臣等职,为近代洋务运动代表人物之一。此联见《左宗棠全集·诗文·联语》。

此联为作者道光十六年25岁作。45岁时重书予儿辈,并序:"30年前作此联以自夸,至今犹时往来胸中。试为儿辈诵之,颇不免惭赧之意。然志趣故不妨高也,安得以德薄能鲜,谓子弟不可学老夫少年之狂哉。"

上联言立志。左氏在道光年间,父母双亡,穷困潦倒。他认为,自身虽无分文,不得温饱,但心里却关怀着国家、民族的前途和命运。人穷志不短。下联讲读书。在封建社会里,"学而优则仕"。读书做官是知识分子的主要出路。左氏认为,必须博览群书,充实自己,在精神上与古代志士仁人交往,加深体会,经世致用。"读破万卷"化用杜甫"读书破万卷,下笔如有神"诗句。此联言简意赅,寓意深刻,志趣高尚。

7.海纳百川,有容乃大;壁立千仞,无欲则刚。

作者为林则徐(介绍见本书第54页)。

《庄子·徐无鬼》:"海不辞东流,大之至矣。"《管子·形势解》:"海不辞水,故能成其大。"《书·君陈》:"有容德乃大。"大海不拒细流,汇聚百川,而成其大。有度量、宽容,才能团结大多数人。孟子说,大而化之谓之圣。

《水经注·河水》:"其山惟石,壁立千仞,临之目眩。"陡峭的岩壁,高耸万丈,不怕风吹雨打,挺拔屹立。《孟子》:"我善养吾浩然之气。""其为气也,至大至刚。"人只有抛弃私欲,才能做正直坚强、刚直不阿的大丈夫。《增广贤文》:"有容德乃大,无欲心自闲。"容人须学海,不满纳百川。

8.费国民血汗巳?亿,集天下混蛋于一堂。

乔大壮(1892—1948),名曾劬,字大壮,四川华阳人。清末北京讲学馆出身,通法文,工书法、篆刻,广览博取,卓然成家。文学造诣颇深。曾做中央大学艺术系教授、台湾大学中文系教授。为人坦白真诚,心口如一。愤世忧时,自沉于苏州梅村桥畔波涛中,结束了他廉明正直的一生。著有《波外楼诗》《波外乐章》(词集)、《乔大壮印蜕》《乔大壮印集》(其女乔无疆编辑)。

作者亲见国民党政治的腐败,心中郁积的愤慨难以发泄。当蒋介石单方面召开所谓的国民代表大会时,乔大壮特撰此联,痛快淋漓地抒发了他的无比愤怒。

上联一个问号,用得巧妙,很有战斗性。指问,说明所费已无法计算。出席会议的代表多为官僚,不能代表民意、表达民声。所谓选举,实属骗人之举。于是,作者把他们一群统统斥为混蛋,指明了伪"国大"的性质,充分显示了作者的胆识,倾吐了民众的心声,使此联得以广泛流传。

9. 道不行,乘桴浮于海;人之患,束带立于朝。

嘉庆时广东沿海有巨盗,乳名郭婆带,横行沿海各省,被称为"盗中有道者"。他好读书,集句成联,张贴于船头,以表其志。

上联《论语·公冶长》:"道不行,乘桴浮于海。"官逼民反,逼上梁山。"道不同,不相为谋。"在海上为生,旨在实现自己的主张。程子曰;"浮海之叹,伤天下无贤君也。"下联《孟子·离娄》:"人之患,在好为人师。"《论语·公冶长》:"赤也,束带立于朝,可使与宾客言也。不知其仁也。"联语中把原意为缺点的"患"转为"祸患",称最大的祸患是立于朝廷的权贵。历叹古今良吏少。皇帝周围,多是溜须拍马、贪赃枉法之徒,很少有为民谋利者。横征暴敛,民不聊生,民必造反,即"浮于海",如梁山好汉于水泊也。贪官污吏是社会最大祸患之一。

10. 秤可平衡天下轻重;尺难度量人间短长。

这是本书编者撰的一副衡器厂、制尺厂联。《孟子·梁惠王》:"权,然后知轻重;度,然后知长短。物皆然,心为甚。"权,秤锤也。度,丈尺也。言物之轻重长短,人所难齐,必以权、度量之而后可见。上联讲,天下各种物体的轻重,可用秤来衡量;人间利害的是非、功过不能用尺寸来度量其长短。

物的轻重要由秤来称才能知道,物的长短要由尺来量才能知道。这是此联的第一层意思。此联第二层意思——双关意是:天下任何物质的东西都有一个衡量的标准;而人间、社会的各种事物是非、功过却常常很难掌握一个恰当的标准来衡量。人间难得公平! 如皇帝、奴隶主们、地主阶级享乐,而财富的创造者——广大的平民百姓却受贫苦。

度是一定事物保持自己质的数量界限。一切事物都有一定尺度。黑格尔《逻辑学》:尺度是有质的定量,正如其他各阶段的存在,也可被认作对于'绝对'的一个定义。一切人世间的事物——财富、荣誉、权力,甚至快乐、痛苦等皆有其一定的尺度。超越这尺度就会招致沉沦和毁灭。可是,这个尺度很难准确地掌握。

11.读万卷书,行万里路;综一代典,成一家言。

龚自珍(1792—1841),初名巩祚,字尔玉,号定盦。浙江杭州人,思想家、文学家,道光进士。朱鹤年赠其联云:灌夫骂座非关酒;江斆移床哪算狂。可见其性格。龚学务博览,主张"通经致用"。所作诗文,揭露清朝统治的腐朽,洋溢着爱国热情。在清代中叶的诗坛上,标新立异,自树一帜。首开我国近代文学植根社会现实的风气。著有《定盦文集》。

此联语书赠好友魏源。上句见杜甫"读书破万卷,下笔如有神"。用古人成句,讲要多读书,并要紧密联系实际。下联见司马迁《报任安书》:"亦欲以究天人之际,通古今之变,成一家之言。"做学问要在综合前人典籍的基础上,融会贯通,辨伪存真,做到有所发现。然后,自树一帜,成一家言。

12.酒能成事,也能败事;水可载舟,亦可覆舟。

上联讲,酒可成事,无酒不成宴席,酒可交友助兴,又可消炎解毒。而酒醉又使头脑不清醒,醉酒误事,酒后失言、失态,酒大伤身。沉迷酒色,必玩物丧志。

下联:《荀子·王制》:"庶人安政,然后君子安位。传曰:'君者舟也,庶人者水也。'水则载舟,水则覆舟,此之谓也。"意为:百姓政治稳定,帝王的王位才能安稳。帝王是船,老百姓如水。水可以把船浮起,推动前行,也可以在狂风巨浪中把船颠覆。治国者关心人民疾苦,得民心,人民拥护,则政局稳固。统治者对人民压迫、剥削太重,失去民心,人民群起而反抗,可以推翻任何反动政权。唐代魏征上太宗十思疏中也有此语。

此联提醒统治者要防微杜渐,居安思危,及时纠正存在的问题,才能巩固自己的统治。

清周希陶《增广贤文》:"酒虽养性还乱性,水能载舟亦覆舟。"

13.驰骋沙场,廓清宇宙;横挥笔阵,扫尽妖邪。

这是某君为清洁工人写的行业联。以夸张的手法,生动地写出清洁工人劳动的场面。很有气势。歌颂清洁工人,难能可贵。清洁工人是城市的美容师,是"脏了我一个,干净千万家"的奉献者。1982年李尔重给石家庄清洁工人送的春联是:

清洁人清洁心清清洁洁清世界;

光明地光明路光光明明光新天。

九 言

1.心术不可得罪于天地;言行要留好样与子孙。

袁崇焕(1584—1630)字元素,广东东莞人,明代军事家,万历进士。天启二年(1622年),单骑出关,考察形势,还京自请守辽。他筑宁远(今辽宁兴城)城,屡次击退后金军(清兵)的进攻。获宁远大捷,努尔哈赤受伤而死。次年获宁锦大捷,皇太极又大败而去。他被崇祯任命为兵部尚书。1629年后金军绕道古北口入关,进围北京。他星夜驰援,拒敌于北京广安门外。因崇祯帝怀疑他与后金有密约,中反间计,而被惨杀。古代如此冤魂甚多。忠臣不得好死,良将不得善终。如比干、伍子胥、晁错、岳飞、于谦等,皆是。《孟子》曰:"夫人必自侮,然后人侮之;家必自毁,而后人毁之;国必自伐,而后人伐之。"

上联,心术,指心计、计谋。《管子·七法》:"实也,诚也,厚也,施也,度也,恕也,谓之心术。"联语指出道德修养应高尚,做人要胸怀坦荡,光明磊落;做事要对得起天地、良心。下联,为人处事要严于律己,给后代儿孙树立好的榜样。

联如其人。袁崇焕的悲壮一生,正是他品德情操的自我写照。他也因其高风亮节而受到后人的敬重。此为自警联。朱应镐《楹联新话》云,此乃傅一风《闻知集》中语。东莞袁崇焕祠有何耘劬献联:

天命攸归,万里长城宜自坏;人心不死,千秋舆论有公评。

2.愚庸误国只为好自用;豪杰兴邦不过集众思。

此联从大处着笔,谈治国、兴邦之大计。

上联,愚庸,这里指代愚蠢庸碌的治国者皇帝。自用,刚愎自用,固执、任性,自以为是,一意孤行。上联,愚蠢庸碌的国君,误国是因为刚愎自用,不能采纳别人正确的意见。下联,有雄才大略的治国者,能够振兴国家是因为集思广益,集中群众的智慧。诸葛亮《教与军师长史参军掾属》云:"集众思,广忠益。"

此联提醒治国者不要刚愎自用,自以为是。要集中群众的智慧,采纳正确的意见,推而广之,才能振国兴邦。唯群言、民心是度。

3.是七尺男儿,生能舍己;做千秋雄鬼,死不还家。

1935年,鲁迅曾以此联挽瞿秋白。瞿秋白(1899—1935),江苏常州人。早期中国共产党中央的领导人。1935年2月,被国民党军队逮捕,6月在福建长汀就义(有《瞿秋白文集》)。小说《红岩》悼念龙光华烈士题此联。还有人说这是后人为郦食其写的挽联。

《孟子·告子上》:"生,亦我所欲也;义,亦我所欲也。二者不可得兼,舍生而取义者也……是故所欲有甚于生者,所恶有甚于死者。"大丈夫为了正义事业,可以舍生忘死,舍生取义,视死如归。

下联,见屈原《国殇》:"身既死兮神以灵,魂魄毅兮为鬼雄。"《后汉书·马援传》:"男儿要当死于边野,以马革裹尸还葬耳,何能卧床上在儿女手中邪!"好男儿志在四方,四海为家。死也要做鬼中的英雄。死不还家——哪里的黄土不埋人呢!

4.欺人如欺天,毋自欺也;负民即负国,何忍负之。

魏象枢(1617—1687)字环溪,号庸斋,河北蔚县人。清顺治进士,官至刑部尚书。数次疏请康熙被采纳,誉为"直臣之冠"。

《礼记·大学》:"所谓诚其意者,毋自欺也。"《朱子语类》:"因说

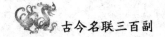

自欺欺人曰:'欺人亦是自欺,此又是自欺之甚者。'"上联讲,做人应正直、诚实,不要自欺欺人,自作聪明。下联,民为邦本,本固邦宁。要与民同利,与民同乐,不要背叛人民。得民心者得天下。强调做官者不可辜负平民百姓的期望,负民即负国。

5.前程远大,脚跟须站稳;工作繁忙,步骤要分清。

此联为行业联——鞋店联。

奔向远大前程,要站稳脚跟,稳步前进,不可急于求成,欲速则不达。盲目冒进,就会跌跟头,速度反而更慢。

工作繁忙,也要有计划有步骤地进行。分清主次、先后,轻重缓急,不可混乱盲目地从事,造成不应有的损失。

此联借题发挥,一语双关,通俗易懂,富含生活哲理。

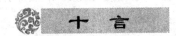

1.虎贲三千,直扫幽燕之地;龙飞九五,重开尧舜之天。

洪秀全(1814—1864),原名仁坤,广东花县人。太平天国革命领袖。他从农民革命的要求出发,吸取西方的平等思想,于1843年6月创立拜上帝会。1844年4月,他和冯云山到广西宣传革命,组织群众,号召人民为实现"天下一家,共享太平"的理想而奋斗。1851年1月,在广西金田村起义,建号太平天国。1853年定都南京,颁布《天朝田亩制度》,分兵北伐和西征。1856年因杨韦事件而造成严重损失。第二次鸦片战争后,清政府勾结外国侵略者,加紧镇压太平天国革命,天京被困。1864年6月逝世。这次革命发展到18个省份,坚持斗争14年,规模之大,史无前例。

《孟子·尽心下》:"武王伐殷也,革车三百辆,虎贲三千人。"虎贲,孔颖达疏:"若虎之奔走逐兽,言其猛也。"此指勇士。幽燕,古代幽州、燕国,指北京一带,为元、明、清朝宫廷所在地。上联讲,太平天国的勇士们,要直捣清朝廷,推翻清朝统治。《易·乾》:"九五,飞龙在天,利见大人。""龙飞"喻帝王即位。下联意为,夺取帝位,建立新政权,重新开辟太平盛世。

元末韩山童、刘福通的红巾军起义,东路军将领毛贵战旗上的对联是:虎贲三千,直抵幽燕之地;龙飞九五,重开大宋之天。(《辍耕录·旗联》)它表达了起义军直捣元都,推翻元朝统治、反元复宋的决心。明代正德年间,爆发了刘六、刘七起义。当时,刘惠西路军战旗上也有此联。其下联的"大宋"改为"混沌",表明他们重新整顿世界,开辟新天地的理想。

太平军占领南京后,在天王府龙凤殿两侧的柱子上悬挂此联,后句改为"重开尧舜之天"。尧舜,传说中的上古贤明君主。尧舜之天,比喻太平盛世。洪秀全改联,表达了他推翻满清统治,重创太平盛世的崇高理想。

此联为元、明、清各朝的起义英雄所喜欢,已成农民起义的口号和纲领。与农民革命斗争伟绩一起载入史册,至今仍被人们广泛传诵。充满了革命的战斗性和反抗反动统治的英勇精神,气势豪迈。

2.立德立言乃是立功之本;群有群享须从群治中来。

于立群(1916—1979),广西贺县人。郭沫若夫人,约1938年作。

《左传·襄公二十四年》:"太上有立德,其次有立功,其次有立言,虽久不废,此之谓不朽。"此为"三不朽"。上联借古语赋予新意,指出树立高尚的道德情操,具有正确的思想观点,才是为人民

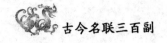

立功的根本。

美国著名牧师西奥多·帕克(1810—1860)曾说:"我们的政府应该成为为大众所有,为大众所治,为大众所享的政府。"

1863年,美国总统林肯在葛底斯堡公墓落成典礼上说:"我们要使我们的祖国得到自由的新生,要使这个民有、民治、民享的政府永世长存。"孙中山曾多次用"民有、民治、民享"阐述三民主义。

作者为嵌"群"字,把"民有、民治、民享"改为"群有""群享""群治"。体现了群众路线和集体主义精神。"群有群享"必须"群治"。只有为民谋福的事业,才是不朽的事业。

此联三嵌作者名字"立群",流畅自然,寓意深刻,实属嵌名之佳联。又有联云:立德立功立言,乃立身标准;

　　　　　民有民治民享,是民主精神。

3.学如逆水行舟,不进则退;心似平原走马,易放难收。

逆水行舟,不进则退。学习也如此。不能坚持不断地学习,有些知识会老化,有些知识不温习不巩固就会忘记。新的知识吸收不进来,而别人却在不断前进,自是不进则退。下联,走,即跑。在平原上跑马群,容易放纵,而难于收拢。学习、工作时,不能聚精会神,思想不集中,三心二意,不能控制自己的注意力,什么也做不下去,什么也做不好。横下一条心,全神贯注地去做,才能做好。

此联用恰当的比喻,生动地讲出学习和心驰的道理,值得借鉴。

4.且把第一江山重新整顿;愿与亿兆黎庶共乐升平。

李承衔《自怡轩楹联剩话》云:镇城失陷,文生某降贼。吾乡北固山有多景楼,某代贼为联。不能杀贼,可口诛笔伐,某之责也。

北固山在江苏镇江市北,辛弃疾《永遇乐》《南乡子》之北固亭怀古,其亭就在此山上。此联似是南宋后期之作。

黎庶,黎民百姓。升平,太平。联语意欲重新整顿江山,开创一个太平世界,与亿万百姓共享太平。可见其爱国爱民之心和气魄。

5.海水朝朝朝朝朝朝朝落;浮云长长长长长长长消。

这是河北省秦皇岛市山海关海滨孟姜女庙联。

孟姜女,民间传说中忠于爱情、反抗暴政的妇女形象。相传秦时,因其丈夫范喜良被抓去筑长城,她万里送寒衣,到后丈夫已死。她哭于长城之下,城墙为之崩裂而丈夫尸体被发现。秦始皇逼其为妃,她葬夫后,投海而死。人们为了纪念她,在此修庙。

此联用汉字一字多音、一词多义、通假字等特点,又用叠字连珠方法,写出海潮涨落、浮云长消的规律。7个"朝"字,一四六读"潮",通用假借字,用作动词,来潮水之意。二三五七读"招"音,原意为早晨。"朝朝"就是"每天早晨"之意,是"来潮"的状语。下联7个"长"字,一四六读"掌"音,指浮云生出之意。二三五七读"常",经常、常常之意,是"长"的状语。联语可读为:

海水潮,朝朝潮,朝潮朝落;浮云涨,常常涨,常涨常消。

联意为:海水涨潮,每天早晨都涨潮,每天早晨涨潮后又回落了。浮云涨,常常涨,常涨又常消散。断句不同,还可有其他读法。

此类联还有一些,如明朝徐渭四川长宁长水塘朝云庙联:

朝云朝朝朝朝朝朝退;长水长长长长长长流。

上联:早晨云霞来了,每天早晨都来,来后又消退。

下联:长水常常地上涨,常常上涨才能常常地流淌。

又如王十朋温州江心岛有宋代古刹江心寺寺院山门联:

云朝朝朝朝朝朝朝散;潮长长长长长长长消。

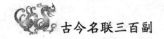

上联:云霞每天早晨来,每早云霞又散去。

下联:潮水常涨,常常涨,常涨又常常消散。

6.柳絮漫天,未济人间之暖;苔钱满地,难资世上之贫。

此联见清代汪升《评释巧对》卷四,二贫士一出一答而成此对。

柳絮再多也不能做棉而保暖,苔钱再多也不能当钱济贫民之难。作者由见到初春还寒时的柳絮和苔钱而想到民生艰难,可知民生之疾苦。苔钱,似应是"榆钱"。还有一联与此联相近:

满地苔钱,尚云穷巷;一庭柳絮,也是贫家。

7.水殿风来,冷香飞上诗句;芳径雨歇,流莺唤起春醒。

梁启超(1873—1929)字卓如,号任公,又号饮冰室主人。广东新会人,近代著名学者。1895年赴京参加会试,与康有为发动"公车上书",积极鼓吹和推进戊戌变法。失败后,逃亡日本。他介绍西方社会政治、经济学说,对当时很有影响。

早年政论文流利畅达,感情奔放,颇有特色。有《饮冰室合集》。

这是梁启超《苦痛中的小玩意儿》中的集词句联。

上联见苏轼《洞仙歌》。苏轼7岁时见一老尼,言其在蜀官中听蜀后主和花蕊夫人作《洞仙歌令》词,苏全能记之。40年后,苏轼回忆此词,还记其开头两句,将其补全。该词头两句是:"冰肌玉骨,自清凉无汗。水殿风来暗香满。"水殿,即临水的便殿。"冷香"句见姜夔《念奴娇》:"翠叶吹凉,玉容销酒,更洒菰蒲雨。嫣然摇动,冷香飞上诗句。"

下联见史达祖《谒金门》:"烟墅暝,隔断仙源芳径雨歇,花梢魂未醒,湿红如有恨。"高竹屋《风入松》:"嫩寒清晓,莺啼唤起春醒"。

诗情画意,恰切自然,文采飞扬。末句改"流莺唤醒春梦"如何?另集句:水殿风来,冷香飞上诗句;空江月坠,梦魂欲渡苍茫。

8.阳奉阴违,天有难遮之眼;民穷财尽,地无可剥之皮。

张公灿,字岂石,号湘门,清湖南湘潭人。官至大理寺卿。

此联作者自题旧无锡县署联。上联意为做官的如果当面一套、背后一套,营私舞弊,遮得过人眼,遮不过天眼,要凭天地良心办事。下联说此地已民穷财尽,再无可盘剥的财富了。联语深刻地反映了民众疾苦,对仗工整,不可多得。

9.挖莲郎,盘根摸梗寻佳藕;采桑女,摘叶留心等后生。

这是南方民间流传的对联。传说从前有一采桑女聪明俊俏,当嫁之年,求婚者络绎不绝。采桑女要以对联求偶。应对者中有一朴实厚道的青年对出上联,甚合其意,遂结良缘。

此联巧用谐音,一语双关。上联字面意为,男青年摸梗盘根寻找好的莲藕(莲的地下茎,可食);隐含意为留心寻找"佳偶"。下联字面意为,摘叶时留着新芽等待以后再生长(后生);隐含意是,手摘着莲叶,心却在留意地等待着后生(好青年)。

此联语自然贴切,含而不露,奇巧有趣,手法高超,民间风味。

10.酒气冲天,飞鸟闻香化凤;糟粕落地,游鱼得味成龙。

上联,飞鸟闻到冲天的酒香味,可以变成凤凰。凤凰是民间神话中的神鸟,鸟中之王。凡鸟闻酒香能化凤,可见酒之香浓、神奇。下联,游鱼尝了落地的糟粕,能够成为蛟龙,同样可见酒之神妙威力。

联语运用夸张的手法,大力渲染酒的香味之烈,给人留有无限遐想的余地。在字面上给人以文字美,在声韵上给人以音乐美。是酒业的好广告词,广为传诵。

此为酒厂联,还有酒店联:沽酒客来风亦醉;买花人去路还香。

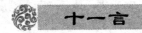

十一言

1. 大肚能容,容天下难容之事;
    慈颜常笑,笑世上可笑之人。

此联为河南洛阳白马寺弥勒佛殿联。白马寺为中国最早的寺院之一。传说东汉明帝遣使蔡愔赴西域求佛法,用白马驮经归洛阳。次年建寺,以"白马"命名。弥勒,梵文音译,意为"慈氏"。佛教大乘菩萨之一。佛寺中常有他的塑像,袒胸露腹,满面笑容。

海纳百川,才能成其大。人能宽容,才能学人所长,补己之短;团结众人,共同奋斗,成其大事。从体型上看,弥勒实为大肚,而且大度,因此能容天下难容之事。所谓"将军额上可跑马;宰相肚里能行船"。心胸开阔,目光远大。

下联讲,弥勒有慈善的面容,笑逐颜开,常笑天下可笑的人。世人因名缰利锁而失去自由。弥勒则不然,淡泊名利,自由自在。善意的笑,看轻名利,看破红尘。

此上下联前4字写弥勒体貌,后7字写心态。思想境界高,心境洁美。明写弥勒佛心,暗写作者情操。趣味盎然,寓理深刻,通俗易记,久传众口。北京潭柘寺、开封相国寺、郑州天王殿、山西五台山佑国寺、安徽凤阳龙兴寺、普陀山法雨寺、扬州天宁寺、四川乐山凌云寺、广州六榕寺等十几个寺庙都有此联。但有异文。主要区别在下联头四个字。有的联为"开口便笑"。此处选洛阳白马寺联的"慈颜常笑",对仗工整。"大肚"和"开口"不对仗。二是"慈颜常笑"真实地描绘弥勒慈善的笑容,"开口便笑"则不能表此意。

安徽凤阳凤凰山日精峰龙兴寺(朱元璋):

大度能容,容天下难容之士;慈颜常笑,笑世上可笑之人。

宁夏海宝塔弥勒佛殿联:

大肚包容,了却人间多少事;满腔欢喜,笑开天下古今愁。

南京多宝寺、四川峨眉山灵岩寺弥勒龛和台湾开元寺联:

开口便笑,笑古笑今,凡事付之一笑;

大肚能容,容天容地,于己何所不容。

此联通俗地将弥勒佛大腹便便、笑面悠然、超然物外的神态描绘得惟妙惟肖、活灵活现。奉劝人们待人处世心胸开阔,宽厚容人。

2. 风声雨声读书声,声声入耳;
　 家事国事天下事,事事关心。

顾宪成(1550—1612)字叔时,世称东林先生,江苏无锡人,万历进士。官至吏部司郎中。因得罪权奸,革职还乡,在东林书院讲学。他们关心时事,议论朝政人物,抨击阉党,被称为"东林党"。后被大宦官魏忠贤杀害。此联即在无锡东林书院。

国家兴亡,匹夫有责。此联表现了东林党人一反封建腐儒的"两耳不闻窗外事,一心只读圣贤书"的惯势,以"事事关心"与"莫谈国事"相对立,面对激化的社会矛盾不消极避世,表现了以天下为己任的高尚情操和远大抱负。

联语中"声""事"二字重出五次,语简句短,节奏分明。把"声声入耳"和"事事关心"的主张烘托得淋漓尽致,使人一读难忘。

上联的"风声""雨声"一词双关,既指自然界风雨,又指社会的政治风雨。使联语既有写景抒情的诗意,又有积极向上的入世态度和政治抱负。这在"万马齐喑"、死气沉沉的当时,是难能可贵的。

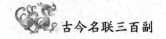

书院水池旁的妙观有一联:云开青嶂峰当笔;水落银河月是弓。山峰高出云层如笔而立,夜空银河映入水池中,弯月如弓。

3. 四季笙歌,尚有穷民悲夜月;
六桥花柳,浑无隙地种桑麻。

胡来朝(1561—1627)字杼丹,别号光六,河北赞皇县人,明万历二十六年(1598年)进士。初任陕西延安府司理,后补浙江杭州司理,又提升为吏部文选司郎中、都察院右佥都御史。他忧国忧民,以天下为己任。

上联"四季笙歌"化用林升《题临安邸》诗意:"山外青山楼外楼,西湖歌舞几时休?暖风吹得游人醉,直把杭州作汴州。"指出在富人到处狂歌曼舞之时,还有很多穷人在望月兴叹,为生计而发愁悲伤。同一个世界,朱门酒肉臭,路有冻死骨。贫富之悬殊可见一斑。下联,六桥,宋代西湖杨公堤上筑的六座桥。花柳,鲜花和柳树,此指繁华游乐之地。浑无,全没有。隙地,空地。桑麻,此指各种农作物。刘克庄《戊辰即事》:"从此西湖休种柳,剩栽桑树养吴蚕。"下联写,六桥之地尽种鲜花垂柳,已经没有农民种庄稼的空地了。占用农田建楼修苑,人口不断大量增加,耕地不断大量减少,人民吃饭就成大问题。

这是一副表面写景,实则写时事,旨在讽刺的对联。它运用对比的手法,表现了统治者骄奢淫逸和平民百姓的穷愁苦难。富者佳肴臭,贫者路边乞。如此繁华美景,悬此一联,大煞风景。作者时时处处都在想着贫民。

此联为西湖联中立意最高、影响力最广的楹联。一般游人想的是灯红酒绿,作者想的是贫病交加在饥寒中挣扎的人们。联语俗不伤雅,读来令人心境难平。

4. 秦皇安在哉?万里长城筑怨;

姜女未亡也,千秋片石铭贞。

文天祥(1236—1283),字履善,号文山,江西吉安人。理宗宝祐四年进士第一。德祐二年(1276年)任右丞相,辗转各地,坚决抗元。被俘后多经威胁利诱,始终不屈。在北京柴市被害。有《过零丁洋》和《正气歌》诗明志,为世传诵。有《文山先生全集》。

春秋战国时各国为了互相防御,各在险要的地方修筑长城。故址西起临洮,东至辽东,俗称"万里长城"。直到明代,还在修筑。西起嘉峪关,东至山海关,总长6700多千米。工程浩大,民工死亡无数,是世界历史上最大的工程之一。

公元前221年秦统一六国,到南宋文天祥时代,已1460多年。可是,秦始皇还在吗?他已尸骨无存。春秋时代各国和汉、隋、明朝都强拉无数民工修长城,闹得劳民伤财,民不聊生。

孟子曰:"域民不以封疆之界,固国不以山溪之险,威天下不以兵戈之利。"毛泽东(1963)说:"秦始皇的万里长城没有多大用处。"

长城没有挡住蒙古铁骑,也没挡住清军入关,没起什么作用。长城是亿万民工尸骨血汗堆成,他给人民留下的只是怨恨。

孟姜女的故事是长期流传在民间的古代四大爱情传奇之一(另有梁山伯与祝英台、牛郎织女和白蛇传)。孟、姜两家邻墙长出一葫芦,劈开后跳出一美女,即称孟姜女。范喜良为逃避劳役躲至孟家。孟姜女许配给范喜良。范喜良被抓去修长城,多年无信。孟姜女忠于爱情,千里送寒衣。哭到长城,丈夫范喜良已死。秦始皇逼她为妃。她滴血辨丈夫。葬夫后投海而死。山海关海滨有孟

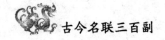

姜女庙。此民间故事歌颂了孟姜女对爱情忠贞不渝和不畏强暴的反抗精神,表达了人民向往和平、渴望幸福生活的愿望。

5. 苟有恒,何必三更眠五更起;

最无益,只怕一日曝十日寒。

胡居仁(1434—1484)字叔心,号敬斋,江西余干人。明学者,一生以讲学为业,著有《居业录》。

上联见颜真卿:"三更灯火五更鸡,正是男儿立志时。黑发不知勤学早,白头方悔读书迟。"下联见《孟子·告子上》:"虽有天下易生之物也,一日曝之,十日寒之,未能生者也。"学而不已,持之以恒,不必一时贪黑起早,可怕的是三天一打鱼,两天一晒网,时断时续,三心二意。

成功往往是在业余时间的利用上。人生的赢家和输家之差别就在一些小事的坚持上:每天用1小时的时间,阅读或研究一点你喜欢的东西,10年后,你就是这方面的专家。如果一个人能把所有的精力都投在经营自己的专长上,持之以恒,必然会有所成就。许多人在生活中90%的时间都是抱着"混日子"的态度度过的。大多数人的生活层次只停留在:为吃而吃,为工作而工作。就这样,一直到死,不思作为。人生的赢家和输家之间的距离、智力和能力的差别并不像大多数人想象的那样,是一道巨大的鸿沟,其实差别很小,就在于是否不懈地努力。

6.学者当以天下国家为己任;

我能拔尔抑塞磊落之奇才。

张百熙(1847—1907)字野秋,湖南善化(长沙)人。同治进士,京师大学堂官学大臣,官至邮传部尚书。有《张氏退思集》。

此联为北京大学的前身京师大学堂集句联。创建于1898年,为戊戌变法的"新政"措施之一。初址在北京沙滩后街和嘉公主府。

上联见《南史·孔休源传》:"休源风范强正,明练政体,常以天下为己任。"表达了对京师大学堂师生的期望。下联借用杜甫《短歌行》:"王郎酒酣拔剑斫地歌莫哀,我能拔尔抑塞磊落之奇才。"引用得很切合作者身份,表白自己能重用人才。此联属于宽对,语句有散文化倾向,对仗宽松,寓意超拔。

7. 事在人为,休言万般都是命;
　　境由心造,退后一步自然宽。

黄齐生(1879—1946)名禄祥,号青石,贵州安顺人,教育家。早年主持贵阳达德学校,辛亥革命前后积极参加反清和讨袁活动。1912年与外甥王若飞赴法勤工俭学。回国后先后在南京、上海、重庆任教。1945年到延安。1946年4月8日,在重庆飞往延安途中,因飞机失事遇难。此联为四川青城山天师洞上清宫斋堂联。

上联讲,事情是靠人去做的。在一定客观条件下,做得成做不成,要看人的主观努力如何。不能听天由命,消极等待。不要认为,一切都是命运决定的。环境是由人改造的,好的条件也是由人创造的。我们不能等待自然和社会的恩赐,天上永远不会掉馅饼。

下联,心境也是由自己对客观事物的态度决定的。同样是失败,有的人认为失败是成功之母,以此为新起点,毫不灰心,继续努力,直到成功。而有的人则悲观失望,怨天尤人,以至于一败涂地。同样是艰苦的环境,有的人能乐观地面对,苦中寻乐;而有的人则哀叹不已,退却逃避。

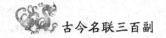

明代杨继盛的杭州西湖昭庆寺联,似与此联相反:

人心莫高,自有生成造化;事由天定,何须巧用机关。

江苏镇江焦山仰止轩悬杨继盛像并配此联。杨继盛因劾仇鸾误国被贬官,不久再被起用。又因劾权相严嵩十大罪下狱受酷刑,后被杀。一生坎坷。心高,是说争强好胜,出人头地。造化,自然、化育之意,这里指运气、福分。

此联看似消极宿命,若联系作者"铁肩担道义"联,似警策自己不要太固执,办事要留有余地,量力而行。清代石成金《通天乐》有联云:人莫欺心,自有生成造化;事皆由命,何须巧用机关。

8.墙上芦苇,头重脚轻根底浅;
山间竹笋,嘴尖皮厚腹中空。

解缙(1369—1415)字大绅,江西吉水人,洪武进士。上万言书批评太祖政令屡改、杀戮太多等事。罢官8年后再出仕。主编《永乐大典》。以"无人臣礼"罪下狱后被杀。著《文毅集》《春雨杂述》。

芦苇是多年生草本植物,地下有很长的粗壮的根,多生长于池泽、河边。如果生在墙上,少土缺水,自然细长。于是,头重脚轻——因其根底浅,风吹便倒。竹笋是竹的嫩芽,组织细嫩,可做鲜菜。而其如果生在山间石缝中,因缺乏水分和营养,而多皮少肉,即顶尖、皮厚、腹中空。

此联以墙上芦苇和山间竹笋为喻,形象恰切地讽刺了那些不肯踏实学习、没有知识根底、腹中空空而又夸夸其谈、耍嘴皮子的人。

据说,有位秀才为显才而作联:牛跑驴跑跑不过马;鸡飞鸭飞飞不过鹰。解缙听后,回敬此联。毛泽东《改造我们的学习》中引用此联。

9. 愿天下有情人,都成了眷属;
　　是前生注定事,莫错过姻缘。

顾曾烜,清学者,江苏通州人。光绪进士。曾任陕西醴泉知县。有《方宦寿世文》《华原风土词》等。刘鹗《老残游记》,言为黄人瑞书。杭州西湖月老祠、青岛崂山月老祠等多处都有此联。

上联出自王实甫《崔莺莺待月西厢记》第五本第四折【清江引】:"永老无别离,万古常完聚,愿普天下有情的都成了眷属。"下联出自高明的《忠孝蔡伯喈琵琶记》第十二出"奉旨招婚"【琐窗郎】:"说道姻缘前世已曾定,今日里共欢庆。"第十三出:"状元,小姐生得十分美貌,你休错过了!"

有情人,互相有爱情的男女。眷属:家属、亲属,此处特指夫妻。上联讲,祝愿全天下有爱情的男女都能遂心如愿地成为夫妻。"是前生注定事",古代迷信和宿命论者认为,夫妻缘分是前生注定的。"莫错过姻缘":"花开堪折直须折,莫待无花空折枝。"(唐杜秋娘《金缕衣》)下联讲男女姻缘是上天早已注定的,不要错过了这大好的夫妻姻缘。下联虽有宿命论思想,但对于在封建社会受到严格束缚的有爱情的青年男女来说,真是很好的祝愿,表达了他们的心声!

联语明白如话,如同口语,既切合祠名,又道出了对天下男情女爱的美好祝愿,并劝说能喜结良缘者及时成婚。

10. 远富近贫,以礼相交天下少;
　　疏亲慢友,因财而散世间多。

鄂比,满族人。曹雪芹之友。此为题赠曹雪芹联。
作为故交好友,鄂比对曹雪芹晚年窘迫处境深表同情。世上多是"穷在闹市无人问,富藏深山有远亲"的近富远贫者,以礼和情相交者甚少。大多数人则围绕着"财"字而集散。世之熙熙,皆为利来;世之攘攘,皆为利往。人之趋利,如水之趋下。

此联对金钱社会的世态炎凉、人情冷暖予以无情的揭露和严厉抨击。赠友此联也是劝慰友人认清世情,放开胸怀,不必因此烦恼。

11. 不设樊篱,恐风月被他拘束;
　　　大开户牖,放江山入我襟怀。

朱彝尊(1629—1709)字锡鬯,号竹垞,浙江嘉兴人。清文学家。博览群书,客游南北,所到之处必求文与史,参考异同。史学方面有独到见解。因私抄皇家图书降官一级,引疾辞归,专心著述。博通经史,擅于诗文。其词风格清丽淳雅,为浙西派风格创始者。其诗清峭苍劲,长于古体。著有《日下旧闻》《曝书亭集》《词踪》等。

此联题于所居浙江嘉兴山晓阁。联意为,我在山晓阁周围不设樊篱(篱笆,比喻对事物的限制),是因为怕美好的景色被它束缚住,那会有损于自然美。大开门窗,是要让江山进入我的襟怀之中,以荡涤心胸,陶冶情操。下联见宋曾公亮《宿甘露僧舍》:"要看云天拍天浪,开窗放入大江来。"

联语韵味悠长,含蓄别致,深刻地抒发了作者对江山、风月的由衷喜爱,表达了不同寻常的雅兴和开阔的胸怀,凝铸了纯朴的美学思想。也有追求学术自由和思想解放的内涵。

12. 同是肚皮,饱者不知饥者苦;
　　　一般面目,得时休笑失时人。

朱彝尊介绍见上联。朱应镐《楹联新话》载:"秀水朱竹垞先生解组里居岁饥率同志为粥以食饥者。设厂市西古南寺,全活无算先生大书榜于寺门云:同是肚皮……"

此联是为赈济贫民而设的施粥厂题写的。上联开宗明义,指出富人和穷人都有吃饭的肚皮。饱汉不知饿汉饥。饥者喝赈济之粥是出于饿得无奈,但愿富人能体恤穷人的疾苦。作者从反面叙述,表现了对穷人设身处地的同情和沉痛之感。

失时,错过时机或没遇机遇,不得志。下联表达平等待人的思想。富贵者和贫贱者本是一样面目,只因时运不同才有区别。奉劝得时的人不要耻笑失时的人。言外之意,得时的人也可能有失时之日。

此联未指出造成贫富悬殊的原因,更未能提出解决办法(如改变社会制度、分配制度等)。但与那些专为施粥厂涂脂抹粉的联语比,对饥者更具有深切的同情。

13. 宠辱不惊,看庭前花开花落;
　　去留无意,望天上云卷云舒。

陈继儒(1558—1639)字仲醇,号眉公,上海松江人。诸生。有《眉公十集》。又有言刘海粟(1896—1994)字季芳,江苏武进人,现代画家。林庆铨《楹联续录》载,清圣祖康熙赐张英联云:

白鸟忘机,看天外云舒云卷;青山不老,任庭前花落花开。

《老子》第十三章:"宠为上,辱为下;得之若惊,失之若惊,是谓宠辱若惊。"人若患得患失,无论受宠受辱,都不免要惊恐。若对受宠受辱皆无动于衷,把宠辱置之度外,谓"宠辱不惊"。"去留无意",指对去职或留任的事都不在意。

以"花开花落"喻对"宠辱"的态度,把宠辱看得如自然界的花开花落一样平常;以"云卷云舒"喻对"去留"的态度,把职位的去留看作像天上云卷云舒的变幻一样,全不放在心上。

改联直言了对宠辱和去留的态度。康熙赐张英联则含蓄隽永

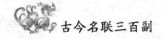

地表明作者淡泊名利的坦然心境,追求一种淡泊宁静的人生境界。如果人能挣脱名缰利锁,荣辱皆忘,顺其自然,就会处于这种境界。

14. 鸟识玄机,衔得春来花上弄;
鱼穿地脉,挹将月向水边吞。

作者为朱熹(见本书第78页介绍)。

福建漳州芝山开元寺曾有此联。今寺已不存,此联却得以流传。

玄机,深奥玄妙的道理,神妙的机宜。这里指气候变化的规律。挹(yì):舀,汲取。此联讲,机敏的鸟儿顺应自然的规律,戏耍于春天的花朵上;灵活的鱼儿酣快畅游,贪婪地吞食映在水中的月影。联语生动形象地描绘出一幅生机勃勃的春意图。春来花上,是鸟衔来的;月映水中,是鱼汲取的。把鸟、鱼拟人化。识、衔、弄,穿、挹、吞,这些动词的妙用,把鸟和鱼描绘得惟妙惟肖,活灵活现。此联意在激励自己珍惜时间,把握时机,努力进取。

15. 天近山头,行到山腰天更远;
月浮水面,捞将水底月还沉。

见《巧对录》,是民间传统巧对。有联书说是李渔对慧远方丈的。

上联讲,登山之前,看山顶上就是天。越往山上走,便越觉得山更高更远。下联说,水中捞月,先是觉得月亮的影子在水浅处,越捞就越觉得月影是在水深处。是否可以引申为:由于不断地学习和实践,我们对某一事物的认识一步步加深,越来越接近它的本质。或者,我们经过不断努力,实现了一个目标,又朝另一个新的目标前进。

此联通过人对天和山、月和水的观察的变化,给人以生活哲理的启迪,奇妙而深刻。属对工整,很有理致。

梁羽生《名联观止》称,此联作者为陆鈇出句,张泰对句。

16. 珠海船如梭,横织波中锦绣;
　　羊城塔如笔,倒写天上文章。

何又雄(1820—1913),字淡如,广东南海(今广州)人。清同治元年举人,官至广东高要教谕。此联为广州六榕寺荫榕园联。

上联。珠海,指珠江口。锦绣,是精致华丽的丝绣品,此喻江水的波纹。羊城,广州市的别称。传说古有五仙人骑五色羊拿五个麦穗到此。其后州厅即在梁上绘画五仙人和五羊像。现在越秀山上有五只石雕羊,其中大羊口衔麦穗。

此联以奇妙的想象,以梭喻船,以笔喻塔,把珠江口的壮美和高塔的奇观生动传神地描绘出来。"横织"句把船只任意荡漾、海面波光粼粼的景象生动地描摹出来。"倒写"句,一个"倒"字,把高塔直刺青天的磅礴气势活脱画出。天上文章,天空之彩云。

此联比喻新颖,生动形象,语言流畅活泼。诗情画意尽收笔下。

17. 看我非我,我看我,我也非我;
　　装谁向谁,谁装谁,谁就像谁。

夏月润(1878—1931),字云础,安徽怀宁人。京剧演员,戏剧活动家。此联为其与兄夏月珊合撰。夏演武生,因不愿在租界演戏,曾与兄月珊等在上海创办中国最早使用灯光布景的戏曲剧场"新舞台"。曾担任上海伶界联合会会长。

此联是兄弟二人长期舞台实践的经验总结。上联说,穿上戏剧角色的服装,扮演戏中角色,别人看我和我自己看我,外表都不像自身的我了,而是戏中的角色了。由自我之境达到非我之境,才是表演得成功。下联,装,扮演。演员塑造的舞台艺术形象,贵在个性鲜明,追求神似,不做表面文章。应以所扮演的角色为本,而不以演员本人形象为本。

此联用顶针格,一环扣一环。"我""谁"六出,结构紧凑,富有艺术哲理。琴师徐兰源曾向梅兰芳赠送此联,梅甚喜欢,当作座右铭。

18. 杨柳花飞,平地上滚将春去;
梧桐叶落,半空中撇下秋来。

见《巧对录》卷六。为陆釴出上联,张泰对下联。陆釴(1439—1489)字鼎仪,号静逸,江苏昆山人。天顺进士,授编修、修撰,太常少卿兼侍读。有《春雨堂稿》。张泰(1436—1480)字亨父,号沧州,江苏太仓人,天顺八年进士,官至翰林院修撰,有《沧州集》。

暮春时节,杨花柳絮漫天飞舞,落在地上,微风一吹,到处滚动。预示春天将去,夏季将来。一个"滚"字,生动形象地道出春去之速。秋之已到,桐叶飘落,可谓一叶知秋。一个"撇"字,准确地捕捉了秋之已到的情势。作者抓住典型的物象,用朴实生动的口语形象而又自然地道出了春去秋来的景象。

19. 独立小桥,人影不随流水去;
孤眠旅馆,梦魂曾逐故乡来。

见《巧对录》卷六。一人在外,举目无亲,常有孤独之感。随意散步到溪上小桥。寂寞之时,顾影自怜。影在水中,不能随流而去。身不能回到家乡,影能随水而去也好!回到旅馆,独自入眠,梦中又回故乡。游子怀乡之情,跃然纸上。

桥是古诗中的重要物象,如灞桥、枫桥、人迹板桥霜、二十四桥明月夜。此联意境新颖,对仗工整,用语生动形象,如一首小诗。

20. 后会有期,此后莫忘今日语;
　　前程无限,向前须问过来人。

有联书说作者是陶铸(1908—1969)。他曾任广东省委书记、国务院副总理、中央宣传部部长。此联是题湖南祁阳一凉亭联。

夏日行路较热,遇凉亭稍息。遇另乡人闲聊片刻,也许后会有期。但愿此后莫忘今日所言。前途还很远。要想继续前进,问前方路程情况,必须问走过此路的来人才清楚。此联上联富有生活情趣;下联一语双关,富有生活哲理。一个人要想奔向远大前程,必须向前人——亲身经历过的人请教,他们才真正有经验。

湖南衡山半山亭联:遵道而行,但到半途须努力;
　　　　　　　　　会心不远,欲登绝顶莫辞劳。

上联说,沿着正确的道路而行,不要半途而废。下联讲,已经意识到离顶峰不远了,要想登峰造极就不要害怕辛苦。引申为,做什么事情,或学什么知识,一定要方向正确、方法对头,不断努力,不辞辛苦,勇攀高峰,绝不能半途而废。

广东鼎湖山半山亭联:到此处再进一步;愿诸君无废半途。

以上三联,立意好,大处着眼,小处着笔,一语双关。

21. 疾恶如仇,几根傲骨横天下;
　　舍生取义,一颗头颅落状元。

汤祥瑞(1878—1928),湖南浏阳人。曾任浏阳达浒区农民协会委员长。马日事变后被杀害。此为他在浏阳状元洲就义前,咬破手指血书的自挽联。

上联,疾恶如仇:对坏人坏事就像对仇人一样憎恨。一个"横"

字,就写出了烈士坚贞不屈的骨气。下联,舍生取义:《孟子·告子上》:"生,亦我所欲也;义,亦我所欲也。二者不可得兼,舍生而取义者也……"状元,代指浏阳河状元洲。汤祥瑞被害于此。

上下联开头皆用成语。联语慷慨激昂,铿锵有力,掷地有声。豪气逼人,壮烈不已。为了人民革命事业舍生取义,视死如归,令人敬佩。为革命而死,死得其所,重于泰山。

22. 心在人民,原无论大事小事;
利归天下,何必争多得少得。

胡耀邦(1915—1989),"文革"前任共青团中央书记。"文革"后,曾任中共中央总书记。生活俭朴、廉洁奉公。

顾嘉蘅题河南南阳市西卧龙岗武侯祠联:

"心在朝廷,原无论先主后主;名高天下,何必辨襄阳南阳。"

上联:诸葛亮一心为蜀汉朝廷,不论对刘备、刘禅都忠心耿耿,辅佐如一,鞠躬尽瘁,死而后已。下联:诸葛亮德才兼备,有口皆碑,名高天下,何必辨别其是襄阳人还是南阳人呢。

1959年,胡耀邦为共青团中央书记时,去河南视察共青团工作,得知南阳、襄阳群众争论诸葛亮籍贯问题。在谈笑中,将顾联改之。胡耀邦一改旧联,顿出新意。充分表达了他全心全意为人民,公而忘私,不计较个人得失的精神。

23. 磨砺以须,问天下头颅几许?
及锋而试,看老夫手段如何。

石达开(1831—1863),广西贵县客家人。1851年1月参加金田起义,任右军主将,后封翼王。有军事政治才能。为联络志士共举大业,李文彬以开理发店为名,招揽豪杰。冯云山撰联曰:"磨砺

以须,天下有头皆可剃;及锋而试,世间妙手等闲看。"石达开改为
此联。见《楹联续话·杂缀》。

《左传·昭公十二年》:"磨砺以须,王出,吾刃将斩矣。"杜预注:
"以己喻锋刃,欲自摩厉,以斩王之淫慝(te罪恶)。"磨砺以须,把刀
磨快等待着,待时而动。"须"有胡须意。表面写磨快剃刀,刮胡须,
实际是表达磨刀做准备,待机起义之意。"问天下头颅几许",则表
达了作者从战略上藐视敌人,斩妖除贼的豪情。下联"及锋而试",
《汉书·高帝纪上》:"吏卒皆山东之人,日夜企而望归,及其锋而用
之,可以有大功。"是说趁军中将士正有锋锐之气,而及时用之。此
处一语双关,字面上讲理发,即用锋利的剃刀剃发刮脸,又暗含着
趁锋利可行之机,一试手段之意。借题发挥,借物抒情,笔力雄健,
有很强的艺术魅力和鼓动作用。

24. 多难兴邦,惟有民生难解决;
　　　同仇抗日,纵亡种族莫投降。

作者刘师亮(见"民国万税"介绍)。这是1931年写的春联。

上联,多难兴邦:国家多灾多难,在一定条件下可以激励人民
奋发图强,战胜困难,使国家强盛起来。孟子曰:"生于忧患而死于
安乐。"《左传·昭公四年》:"邻国之难,不可虞也。或多难以固其
国,启其疆土;或无难以丧其国,失其守宇。"晋刘琨《劝进表》:"或
多难以固邦国,或殷忧以启圣明。"民生,人民的生计。人民生计问
题是国家最大的问题。

1931年9月18日,日本驻在中国东北的关东军突然炮击沈
阳,同时在吉林、黑龙江发动进攻。日本侵略者大规模侵华开始。
1932年1月,东北全境沦陷。下联,在国家民族危亡时刻,全国人
民要同仇敌忾,一致抗日,宁死不屈!

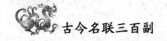

联语紧切国计民生、国家危亡,充分地表现了作者的爱国爱民的崇高精神和誓死抗日、宁死不屈的民族气节。

25. 雏鹤学飞,万里风云从此始;
潜龙奋起,九天雷雨及时来。

作者:顾璘(1476—1545)字华玉,号东桥,江苏吴县人。弘治(1496)九年进士,官至南京刑部尚书。有《浮湘集》。

张居正(1525—1582),湖北江陵人,嘉靖进士。穆宗死,他代为首辅。前后当国十年。改革税赋制度,推行一条鞭法,按亩征银。裁减冗员,起用戚继光,曾镇压农民起义。有《张文忠公全集》。

顾璘因公务去湖南。当时张居正12岁,应童子试。顾璘出上联,张对下联。顾爱其才,竟解下腰带送给张居正云:"他日贵当过我也。"

风云,《易·乾》:"云从龙,风从虎,圣人作而万物睹。"意谓同类相感。"风云"比喻际遇。如:风云际会。也比喻才气豪迈或行事壮烈。顾璘称张居正为"雏鹤",鼓励他"学飞",将来成为大有作为的人。张居正则自比"潜龙",立志"奋起",在社会上兴云布雨。都很切合对方的身份和口吻。上下句都用比喻手法,气势非凡,很有叱咤风云的英雄气概。

26. 心有三爱:奇书骏马佳山水;
园栽四物:青松翠竹白兰梅。

方志敏(1899—1935),江西弋阳人,赣东北革命根据地和中国工农红军第十军的创始人之一。历任中共县委书记、省委书记、省军区司令员、闽浙赣工农民主政府主席和红十军政治委员,中共六大中央委员。1935年因叛徒出卖被捕,在狱中坚贞不屈,英勇就义。有遗著《可爱的中国》《狱中纪实》。

这是方志敏青年时代于卧室的自题联。上联讲心中的三爱。"奇书"即喜欢阅读新奇的、有先进思想的好书,可见其好学;"骏马"寄托着热血男儿驰骋疆场,为革命杀敌立功的愿望;"佳山水"则是喜欢游览名山大川,蕴含着对祖国大好山河的热爱。

下联的"园栽四物",其中松竹梅古人誉为"岁寒三友",兰则是高洁的喻物。此四物表达了作者的高尚志趣。他在《清贫》中说:"为着阶级和民族的解放,为着党的事业的成功,我毫不稀罕那华丽的大厦,却宁愿居住在卑陋潮湿的茅棚;不稀罕美味的西餐大菜,宁愿吞嚼刺口的苞粟和菜根;不稀罕舒服柔软的钢丝床,宁愿睡在猪栏、狗窠似的住所……我能舍弃一切,但是不能舍弃党、舍弃阶级、舍弃革命事业。"从追求和所爱可见其精神境界。

27. 天心阁,阁落鸽,鸽飞阁未飞;
　　橘子洲,洲停舟,舟行洲不行。

天心阁在湖南省长沙市东南角城墙上;橘子洲,也称水陆洲,在长沙市湘江中,均为名胜游览点。

此联思想内容上无可取之处,但在艺术形式上却有奇妙。它融嵌字、复词、同音和顶针于一体,历来为人们所喜爱。上下联首嵌"天心阁""橘子洲";阁、洲三出,鸽、舟两出;阁与鸽同韵,洲与舟同音;阁、鸽,洲、舟,各自顶针。节奏鲜明,趣味横生。

唐伯虎与祝枝山对异曲同工:
水车车水,水随车,车停水止;风扇扇风,风出扇,扇动风生。

28. 琴瑟琵琶八大王,王王在上;
　　魑魅魍魉四小鬼,鬼鬼犯边。

1900年,八国联军的铁蹄践踏我国领土,烧杀抢掠,无恶不

113

作。侵占北京后,在陈设豪华的大厅里举行所谓的"议和会议"。洋人们以胜利者的姿态高居上座,而清政府官员们却低三下四地端坐下首,虔诚地等待洋人们提出"议和条件"。

会前,一个自以为是"中国通"的洋人傲慢地敲着桌子说:"你们中国有一种特殊的文学形式,叫对联。我出上联,你们可能对上?"他利用中国汉字的特点,以"琴瑟琵琶"上边的八个王字,比喻八国联军"八大王""王王在上"以侮辱中国。琴瑟琵琶都是弦乐器。

面对侵略者的猖狂,清政府的官员有的只是笑笑,生怕得罪他们;有的心怀不平,却无联可对。忽然,中国的一位工作人员挺身而出,从容应对道:魑魅魍魉四小鬼,鬼鬼犯边! 魑魅魍魉是各种妖魔鬼怪,常比喻各种各样的坏人。四字的偏旁都是"鬼"字,是我国人民对外国侵略者的憎恨的称呼,怒斥了敌人的侵犯。

应对完毕,使侵略者们瞠目结舌,哑口无言。此联伸张了凛然正义,打击了敌人的嚣张气焰,维护了祖国的尊严。

唐皋(明正德进士第一,朝鲜正使)对朝鲜使节联:

琴瑟琵琶八大王,一般头面;

魑魅魍魉四小鬼,各样肚肠。见《坚瓠集》。

29. 此味易知,但须绿野秋来种;
对他有愧,只恐苍生面色多。

鄂尔泰(1677—1745)字毅庵,清满洲镶蓝旗人。康熙时举人,官至军机大臣。有《西林遗稿》。此为题菜圃联。

绿野,指菜圃(菜园)。苍生,百姓,民众。面色,脸色。俗话说,吃没吃看脸色;穿没穿看衣着。这里的面色指面有饥色。联语借题菜圃,表达了作者体察民生、关心农事之情。

于敏中菜圃门联:今日正宜知此味;当年曾自咬其根。

冯铃题园圃联:为恤民间看菜色;欲知宦况问梅花。

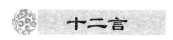

十二言

1. 听涧底泉声呼天地,是歌是哭?
   看阶前月色问英雄:还死还生?

史可法(1601—1645)字宪之,河南开封人,崇祯进士。曾任南京兵部尚书,拥立福王。多尔衮致书诱降,拒之。坚守孤城。清军南下,城破后自杀未死,被俘后英勇就义。清军在城内屠杀十日,是为"扬州十日"。有《史忠正公集》。此为史可法安徽宿松县白崖寨联。

白崖寨在宿松县城西北白崖山上,距县城50华里。地势险要,易守难攻。上联,听到涧底的泉水流动之声,犹如呼唤天地,其声是歌唱还是悲泣呢?抒发了强烈的悲壮感情。白崖寨作为抗敌堡垒,史可法率军在此保国抗敌的殊死战斗,可歌可泣。下联,看到阶前的月色,联想到在此浴血奋战的抗清战士,它们是英勇牺牲了,还是仍然在战斗?上联听泉声,动中见静;下联看月色,静中有动。月夜山中,一听一呼,一看一问,如身历其境,令人回味。

2. 七十二健儿,酣战春云湛碧血;
   四百兆国子,愁看秋雨湿黄花。

黄兴(1874—1916),字克强,湖南长沙人。近代著名革命家、军事家。1902年留学日本,1904年在长沙组织华兴会,1905年在日本拥护孙中山组织同盟会。1907年起,先后参与或指挥多次起义。1911年领导广州起义(黄花岗之役)。武昌起义(辛亥革命)

胜利后被推为革命军总司令。1912年任南京临时政府陆军总长。1913年7月,任讨袁军总司令。

这是对黄花岗七十二烈士的挽联。1911年4月27日,孙中山领导的同盟会为推翻满清政府在广州举行的武装起义失败。同盟会骨干会员牺牲百余人。会员潘达微想方设法冒死收敛烈士遗骸72具,葬于黄花岗。1918年,爱国人士和海外华侨捐资修建了黄花岗烈士陵园,以纪念死难烈士。

作者是广州起义的组织者和领导者,对烈士充满深厚的感情。上联深切地表达了死难烈士勇敢战斗、视死如归的浩然正气;下联充分地道出了四亿同胞对烈士的深切怀念之情。激励后来者继承先驱们的遗志,不断革命,直至胜利。也可见民主、自由来之不易。联语声情并茂,悲壮激昂,感人至深。语言通俗,对仗工整。

3. 民犹是也,国犹是也,何分南北?
　　总而言之,统而言之,不是东西。

王闿运(1833—1916),字壬秋,号湘绮,湖南湘潭人。咸丰举人。是近代学者、文学家。有《湘绮楼诗文集》等。他是袁世凯父亲的朋友。袁当总统后,王以开玩笑的形式,撰一联:

民犹是也,国犹是也;总而言之,统而言之。

上下联每句首字依次嵌入“民、国、总、统”四字。

陈方镛《楹联新话》:袁总统聘王为国使馆总裁。偶议论时局,必以嬉笑怒骂出之。闻南北龃龉(意见不合),兵端欲启,而作此联。

有联书说,1923年6月,曹锟逼迫黎元洪下台,以一票五千元贿买国会议员590人,成为贿选总统。爱新觉罗·溥仪《我的前半生·我的童年》中说,师傅陈宝琛“给我转述过一位遗老编的对联:

'民犹是也,国犹是也,何分南北?总而言之,统而言之,不是东西。'
他加上一个横批是:'旁观者清'"。民国虽然有了总统,但百姓依
然像以前一样贫困,政局仍然和从前一样混乱。联意为:民国不分
南北,百姓的生活都是一样痛苦,国家的局势照样混乱。总统不是
东西。骂得痛快淋漓,幽默有余。

4. 精通拍马经,无能无德升腾易;
   不谙关系学,有识有才畅达难。

作者:颜家龙,当代人。

自古以来,官场中都充斥着溜须拍马之徒。他们因讨主子喜
欢受宠而飞黄腾达,大权在握,又心术不正,给人民和国家造成重
大危害。正直的德才之士,则不被重用。赵壹《刺世疾邪赋》所言
"舐痔结驷,正色徒行"是也。卑躬屈膝,摧眉折腰者,多是小人。
讽刺有力,入木三分。

又贺宗仪联云:不必属牛,自然熟识吹牛术;
             无须姓马,到底精通拍马经。

5. 爱民若子,金子、银子皆吾子也;
   执法如山,钱山、靠山岂为山乎?

清末一贪官为标榜自己,撰四言对联:爱民若子;执法如山。
当地的百姓对他恨之入骨,特意在上下联后各续8字,使意思
全然相反。续后的上联是说,此贪官所爱之子乃是金子、银子,认
钱不认人。下联讲,以金钱行贿和后台为靠山,怎么能算山呢?从
而执法,怎么能执法如山呢?此联对原作加以引申、发挥,幽默风
趣,讽刺有力。上联揭穿了"爱民若子"的标榜,不过是爱财如命;
下联揭露了所谓"执法如山"的虚伪性。衙门口,朝南开,有理无钱

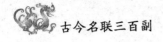

莫进来。受了贿赂,法律的天平必然倾斜。

熊希龄(1870—1937)联云:

父母官爱民似子:金子、银子、珠子,子子皆劳民血汗凝就;

知府爷执法如山:钱山、粮山、宝山,山山乃枉法骨骸堆成。

清庞振坤有联云:似者,像也:像虎像豹像豺狼,不像州主;

慈者,爱也:爱金爱银爱钱财,不爱百姓。

6. 熟视无睹,诸君尽管贪污作弊;
　有口难述,我辈何须民主自由。

这是某盲聋哑学校的一副讽刺对联。

抗战胜利后,国民党政府派大批接收大员到沦陷区"劫收"财产。他们乘机大量侵吞、贪占,大发横财。有人撰联贴在某盲聋哑学校大门两侧。

上联切"盲",借用成语"熟视无睹",引出"尽管贪污作弊"。因为盲人看不见。是对赃官肆意妄为罪行的有力揭露。下联改"有口难言"为"有口难述",取"控诉"之意,借哑人不能言,难争难辩,倾吐"我辈何须民主自由"的心声。因为宪法规定了公民有言论自由,而聋哑人不能说口语,不能争论。这是对国民政府坚持内战、独裁方针召开伪国民大会,实则假民主的愤怒控诉。

此联借题发挥,恰切学校"盲哑"特点。讽刺辛辣,入木三分。

7. 醴泉无源,芝草无根,人贵自立;
　流水不腐,户枢不蠹,民生在勤。

程祖洛(?—1848)字梓庭,安徽歙县人。清嘉庆四年进士。官至闽浙总督。此为集句联,自题书斋。

三国吴虞翻《与弟书》:"扬雄之才,非出孔氏之门,芝草无根,醴泉无源。”上联用离开水源仍然甘美的醴泉和断了根须依旧芬芳的芝草作喻，说明人的成就主要靠自己的奋发努力，贵在自立，没有门第和根基可依仗。“人贵自立”是点睛之笔。

《吕氏春秋·尽数》：“流水不腐，户枢不蠹，动也。”意为，流动的水不腐臭，经常转动的门轴不会被虫子蛀蚀。《左传·宣公十二年》：“民生在勤，勤则不匮。”勤劳是维持人生的根本，只有勤才能创造更多财富，才能丰衣足食。“人贵自立”“民生在勤”是一个人成就事业的两块基石。

此联运用形象的比喻，激励自己要自力更生，勤奋地学习和劳动，才能成就一番事业。

8. 曲是曲也，曲尽人情，愈曲愈妙；
戏岂戏乎，戏推物理，越戏越真。

傅山(1607—1684)字青主，别字公它，山西阳曲人。明清之交的思想家、书法家、医学家。明亡后，穿朱衣，居土穴中，号朱衣道人。康熙时征举博学鸿词，他被迫移至北京，以死拒不应试。特授中书舍人，仍托老病辞归。博通经史、诸子和佛道之学，兼工诗文、书画、金石，又精通医学。公开以“异端”自命。提倡“经子不分”，打破儒家正统，实开清代子学研究的风气。著有《霜红龛集》。

此联为戏台联，就戏曲的创作和表演阐述自己的见解。上联从戏剧的情节说起，强调戏曲要讲究情节的曲折。清袁枚《随园诗话》云：“做人贵直，而作诗文贵曲。”陆机《文赋》：“曲尽其妙”“期穷形而尽相”。只有委婉细致地表现人情世故，才能更好地揭示社会生活的是非、曲直，曲尽其妙。下联第一个“戏”字是指戏剧、戏曲。第二个“戏”字是作“游戏”解。后两个“戏”字是指表演的意思。推，推演。物理，事物的道理。下联从戏曲的思想性、艺术性和娱乐性的关系谈起,指出戏曲不仅是供人消遣的游戏,它更能推演和表现出事物的道理;而且,戏剧性越强,就越能使事理表现得真实可信,取得良好的表演效果。

联语中"戏、曲"二字四出,造成很强的节奏感,而且切题入理,饶有风趣。

9. 汇人间群书博览者,何其好也;
集天下英才教育之,不亦乐乎。

何叔衡(1876—1935)又名瞻岵,湖南宁乡人。1918年参加新民学会。1921年7月参加中共第一次全国代表大会。1935年2月,在福建长汀水口被敌人包围,突围中壮烈牺牲。

此联为1921年秋他在湖南自修大学任教师时的题联。

有志者,应求知。求知,须博览而深究。汇人间群书博览者,如游知识之海洋,可使你见多识广,此乃读书之乐也。

《管子·权修》:"一年之计,莫如树谷;十年之计,莫如树木;终身之计,莫如树人。"国民之精神,教育为本。《孟子·尽心上》:"君子有三乐……得天下英才而教育之,三乐也。"博览群书是自己学习、自我教育;教育天下英才是为国家培养人才。治国安邦、经济建设、科技发展都需要大量人才。路线确定之后,人才就是决定因素。人才难得!育人之乐,其乐无穷。育天下英才,乃至乐也。

10. 红军中,官、兵、伕衣着薪饷一样;
白军里,将、校、尉饮食起居不同。

这是朱德总司令1928年在江西莲花县时,与战士欢度春节时写的春联。全以口语入联,易懂易记,大实话,内容却很新颖深刻。概括了人民军队官兵关系与反动军队有本质区别,富有说服力。老一辈革命家和无数革命先烈抛头颅,洒热血,历尽千辛万苦、千难万险,和百姓、士兵平等相待,官兵一致。与反动军队等级分明完全相反。因此,军心和战斗力也大不一样。伕,同"夫",这里指后勤服务人员。

11. 錢有二戈,伤害古今多少人品;
窮只一穴,埋没天下若许英雄。

此联为析字联。析字联内容如此充实的并不多,多为文字游戏。

钱是货币的俗称。货币是固定充当一般等价物的特殊商品。它是财富的一般代表。它的基本职能是作为价值尺度和流通手段。人要生活,就必须有保证生活的必需品:食物、衣服和住房等。这些都要用钱购买。劳动创造财富,但占有财富的未必是劳动者。

"錢有二戈","錢"字左为"金"字旁,右边由上下二戈组成。戈,是古代的杀人武器。"戈"与"伤害"搭配,作"伤害人品"的主语。这里指钱是诱发伤害人品的武器。在金钱社会里,许许多多的人为了赚钱,不择手段。为了钱,可以不要人品、良心,出卖灵魂和肉体,不惜送命,不择手段地赚钱:剥削、抢夺、诈骗、偷窃,等等。西晋鲁褒《钱神论》:"钱之所在,危可使安,死可使活;钱之所去,贵可使贱,生可使杀。"有钱能使鬼推磨。上联讲,许多人为了钱而丧失人品。仓廪实则知礼节,衣食足则知荣辱。

"窮只一穴","窮"字上边是一"穴"字头,下边简化字是一"力"字。"穴",此指墓穴,与"埋没"搭配。人贫志短,马瘦毛长。人们首先要解决吃饭问题,然后才能从事各项社会活动。不首先解决吃饭问题,就根本谈不上建功立业。一分钱难倒英雄汉。没资本不能启动事业,有聪明才智、天大本领,也发挥不出来。

穷由何来？社会制度和分配制度不合理造成的。劳动者得不到合理的报酬。他们的劳动所创造的价值大大超过他们所得的报酬，而那部分剩余价值全部变成了老板的财富。于是，贫富悬殊，贫者赤贫，富者巨富。因为贫困，许多有才能的人不能施展才华，不能成就大事业。若许：若干、许多之意。

此联借钱、穷二字的组成部分"戈""穴"而发挥之，贴切而又顺理成章地道出钱伤人品、贫能移志的不合理现象，对此提出抗议。

刘基对朱元璋联：

天下口，天上口，志在吞吴；人中王，人边王，意图全任。

林大钦联：议论吞天口；功名志士心。有思想内容，自然流畅。

十三言

1. 一口能吞二泉三江四海五湖水；
   孤胆敢入十方百姓千家万户门。

作者：马萧萧、顾平旦、常江、曾保泉。以上四人分别曾任中国楹联协会会长、副会长。1984年底，中国楹联学会成立不久，与北京保温瓶厂举行春联笔会，四老应邀，撰此趣联。属于行业联。

作者们异想天开，赋予保温瓶以生命，有口有胆。口指保温瓶口，胆指保温瓶胆囊。联语运用拟人、夸张等修辞手法，意在祝愿该厂产品畅销全国乃至全世界。也表明产品深受广大消费者的欢迎。保温瓶的功用是贮水、保温。胆又有胆量之意。"孤"有单个之意。上联为自然数列，等差而递增。文思奇妙，颇有情趣。下联，一个瓶胆无此吞量。但千万只瓶胆长期广泛使用，就有此吞量了。"一口""孤胆"抓住了保温瓶的特点;"能吞""敢入"二词,显出非凡气势。说明厂家产品有敢于闯入全国各地市场的魄力。夸张有余,又不失真。初读若在意料之外,细想实在情理之中。嵌入顺序数字,自然流畅,毫无雕琢之痕。联语构思巧妙,匠心独运,气势浩大,语言生动活泼,深蕴哲理。

董泽夫作南京保温瓶厂联:携来建业一壶水;

暖遍神州万户心。

2. 年难过,年难过,年年难过年年过;
　　事无成,事无成,事事无成事事成。

陈毅(1901—1972),四川乐至人。1927年参加南昌起义。曾历任新四军军长、第三野战军司令员兼政委、上海市市长。解放后任中共中央军委副主席、国务院副总理兼外交部部长。

1923年陈毅回老家,乡亲们请他写春联。他想起小时听到的一副春联:年难过,年难过,年年难过年年过;

人怕死,怕死人,人人怕死人人死。

他把这副联改为上边那副对联,并加横批"春待来年"。这一改,内容有了全新的意义。上联反映了旧社会劳动人民饥寒交迫、度日如年的苦难生活。下联揭示了封建社会民不聊生的实质。因为穷人无钱,常常是"事事无成"。但是,穷则思变,有志者事竟成。只要方向正确、方法对头,并为之忘我奋斗,常常是"事事成"。配以"春待来年"横批,给人以希望和激励。还有副对联:

做人难,难做人,人难做,人人难做人人做;

过年苦,苦过年,年苦过,年年苦过年年过。

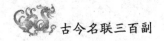

3. 车、马、象、士并卒、炮,都来护卫将军;
　吏、户、礼、工及兵、刑,尽是帮扶人主。

　　此联见《评释巧对》卷九。明代皇族朱奎少年时,在宫中陪太子读书。二人下象棋,太子出上句,朱奎对下句。

　　上联以象棋棋子组成联句,下联以古代朝廷六部组成联句。组联巧妙,语意恰切。古代将帅在军中指挥一切,服从命令是军人的天职。下级都护卫将军,谁管士兵?兵卒只有卖命的分儿。宫廷中皇帝大权独揽,至高无上。大臣都是奴仆,尽是帮扶人主,哪顾平民?百姓死活无人问。群众利益无小事;人民生活有文章。以人为本,重视民生,实为上策。

4. 睡至二三更时,凡功名都成幻境;
　想到一百年后,无少长俱是古人。

　　据说,作者为谢冰岩(1909—2006),江苏淮安人。在解放区从事新闻工作。曾任《皖东日报》《江淮日报》编辑部主任。先后担任新华社秘书长、新闻出版总署司长、社会科学院新闻研究所所长。

　　此联为邯郸吕仙祠黄粱梦亭联。吕仙祠在邯郸城北10公里处,始建于宋。黄粱梦,唐沈既济《枕中记》载:卢生在邯郸客店中昼寝入梦,历尽荣华富贵。梦醒,主人做的黄粱还未熟。后以喻虚幻的事和欲望的破灭。汤显祖剧本《邯郸记》也取材于《枕中记》,讲卢生在梦中应试行贿,得中封官,一时享尽荣华富贵。又因官场倾轧而遭贬,后又复官的故事。《邯郸道醒悟黄粱梦》或《开坛教黄粱梦》由马致远、李时中与艺人花李郎、红字李二合作。情节也脱胎于沈既济传奇《枕中记》。

又唐李公佐《南柯太守传》载:淳于棼梦至槐安国,国王把女儿嫁给他做妻子,任命他为南柯太守,显赫一时,历尽荣华富贵。后与敌人作战而败,公主也死,被遣回。醒后见槐树南枝下有蚁穴,即梦中所经历。后人因称梦幻为"南柯"。

此联劝诫人们要看破红尘,不要被功名利禄所拘束。人世沧桑,不断变化,事物总是有发生、发展和灭亡的过程。人总是要死的,不可能长生不死。一定要看得开,想得通,不要自寻烦恼。

十四言

1. 大丈夫不食唾余,时把海涛清肺腑;
士君子岂依篱下,敢将台阁上山巅。

林嵩,字神降,福建霞浦人。唐代乾符二年(875年)进士。官至金州刺史。此联为其在未及第前题福建福鼎礼岙(ao)灵山"读书草堂"联。此联见福建《霞浦县志》。

上联,大丈夫:指有大志、有作为、有气节的男人。《孟子·滕文公》:"富贵不能淫,贫贱不能移,威武不能屈,此之谓大丈夫。"唾余:唾液之余,比喻别人的言论和意见。文章最忌随人后,自成一家始逼真。上联讲有志气、有作为的人,不能拾人牙慧,人云亦云;要有自己的见解、自己的创造。海涛清肺腑:肺腑,肺脏,引申为内心。用海涛清洗肺脏,可见此人心胸之开阔,内心之纯净。

下联,士君子:有志节之人。《荀子·修身》:"士君子不为贫穷怠乎道。"依篱下:寄人篱下。原指文章著述因袭他人,后喻依附别人生活。台阁:东汉以尚书辅佐皇帝直接处理政务。尚书台建筑在宫廷之内。此处台阁应是指个人建树。下联讲,有志节的人不能依附别人,要往高处站,向远处看,居高临下,要有敢于把台阁置于高山之巅的气魄。要敢于创新,独辟蹊径,自创一格,敢为天下先,敢于超越前人,敢于攀最高峰。

此联意境开阔,用语豪迈,气势浩大。鄙视庸俗,催人奋进。展示了作者开阔的胸怀,表达了积极向上的精神和远大的抱负。

2. 为名忙,为利忙,忙里偷闲,饮杯酒去;
劳力苦,劳心苦,苦中作乐,拿碗茶来。

据传,旧时广州有"妙奇香"茶楼,挂此上联,有人对出下联。有联书称,此为"高必文题成都某茶馆联"。高是民国初年一位穷秀才。又清代王之春的《椒座随笔》云:

为名忙,为利忙,忙里偷闲,饮杯酒去;
谋衣苦,谋食苦,苦中作乐,拿碗茶来。

又杭州西湖三雅园有(汪次闲)联与此相似。

此联为广大群众所喜闻乐见,多有模仿之作。联语运用了反复和顶针的修辞方法,新颖贴切,雅俗共赏;妙趣横生,耐人寻味;深入浅出,通俗易懂;对仗工整,妙若天成;贴近生活,常传民口。

3. 世外人法无定法,然后知非法法也;
天下事了犹未了,何妨以不了了之。

何元普(1829—?),字芝亭,号麓生,四川金堂人。诸生。清末官至甘肃巡道。因不满清廷的腐败,辞官还乡,以诗自娱。他愤世嫉俗,多与僧人交往。有《麓生诗文集》。这是他题于四川新都县宝光寺大雄宝殿之联。

上联,世外人,指出家人佛教徒。法,佛教名词,梵文菩提"达摩"的意译。通指一切事物,不论是现象的、本体的,还是物质的、

精神的,佛典都叫法。佛教的教义也叫作"法"。非法法也,因为
"法无定法",所以可知非法也是法。说"非法法也",也是说不是
"法"之法。天下事,泛指世上一切事物。了,在这里是动词,了结、
完结之意。了犹未了,即有些看似了结的事情,又往往还未了结。
不了了之,事情虽然未结束,也置之不理,就算了事。顺其自然。

作者从世外人的角度,论说对世事的看法,认为人世间的道理
在一个"变"字,人间没有不变之理。法就是道理,而且是互相转化
的,有时"非法"也就是法。下联承接上联,具体论说人世间的事,
重在说明事物的错综复杂性。有些看似结束了的事,常常并未了
结。那怎么办呢?不必过分拘泥,可以暂且不去管它。这表明了佛
门一些人的处世态度。有些事情就是要耐心静观其变。

此联巧用"法""了"二字,四次出现,使全联语调铿锵,别有韵
味;寓意深刻,使人读后难忘,常传于口。蕴含着事物不断变化的
哲理。虽藏禅机,然而,不乏朴素的辩证法。

成都文殊院三士殿有方鹤斋一联:

见了便做,做了便放下,了了有何不了?
慧生于觉,觉生于自在,生生还是无生!

4. 风风雨雨,暖暖寒寒,处处寻寻觅觅;
莺莺燕燕,花花叶叶,卿卿暮暮朝朝。

这是江苏苏州网师园看松读画轩联。

上联说,时风时雨、时暖时寒的时令,天气变化,使人感到若有
所失,到处寻觅。又引申为人间冷暖、世态炎凉,风云变幻不定,若
有所失,令人多方求索。见李清照《声声慢》:"寻寻觅觅,冷冷清
清,凄凄惨惨戚戚。乍暖还寒时候,最难将息。"下联说,莺莺燕燕,
在绿叶红花中飞来飞去,互相之间非常亲昵。见元散曲家乔吉《天

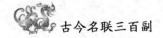

净沙》:"莺莺燕燕春春,花花柳柳真真,事事风风韵韵,娇娇嫩嫩,停停当当人人。"卿卿暮暮朝朝:指日日夜夜相亲相爱。《世说新语·惑溺》:"亲卿爱卿,是以卿卿。我不卿卿,谁当卿卿。""朝朝暮暮",宋玉《高唐赋序》:"妾在巫山之阳,高丘之阻,旦为朝云,暮为行雨,朝朝暮暮,阳台之下。"

此联叠字连用,不落俗套;先情后景,情景交融;行文自然,不露琢痕。1934年黄文中撰杭州孤山"西湖天下景"亭联云:

水水山山,处处明明秀秀;晴晴雨雨,时时好好奇奇。

联语化用苏轼《饮湖上初晴后雨》诗意。叠字连用,切近景物,自然流丽。文字平中见奇,雅俗共赏。语言高度概括,语调明快,立意积极乐观。又杭州西湖花神庙联:翠翠红红,处处莺莺燕燕;风风雨雨,年年暮暮朝朝。上海城隍庙中西园,僧寄尘楹帖云:

莺莺燕燕,翠翠红红,处处融融活活;

风风雨雨,花花草草,年年暮暮朝朝。

5. 除夕月无光,点数盏灯,替乾坤增色;
新春雷未动,擂三通鼓,代天地扬威。

陶澍(1779—1839)字子霖,号云汀,湖南安化人。嘉庆进士,官至两江总督。有《印心石屋诗文集》《奏议》等。

据传,陶澍9岁时的除夕,祖父出此上联,陶击鼓对出下联。

大年三十没有月光,点数盏灯为天地照亮,替天地增辉。新春刚到,第一声春雷还未响,击几声鼓,为天地张扬威势。联语清新别致,气势宏大,振奋人心。

黄荣章《古今联语拾趣》云,此联为清浙江吴兴人闵鹗元所题:

元宵不见月,点几盏灯,为山河生色;

惊蛰未闻雷,击数声鼓,代天地宣威。

李宝嘉《南亭联话》云,某公出上联,吴太史(7岁时)对下联:

上元不见月,点几盏灯,为乾坤生色;

惊蛰未闻雷,击数声鼓,代天地宣威。

6. 挥舞双拳,打遍天下英雄,莫敢还手;

运行寸铁,削平宇内豪杰,谁不低头?

这是一副理发店的行业联。帝王将相、英雄豪杰都要理发,也都需要理发者。因此说,打遍天下、削平宇内没人还手,谁都得低头让剪发。也说明理发师技艺高超,干起活来干净利落。联语运用了夸张和比喻的手法,生动活泼,气势非凡。

有异文:握一双拳,打尽冲冠英雄,谁敢还手?

　　　　　持三寸铁,削平肮脏世界,无不低头!

7. 苦我今朝,只余薄命糟糠,犹归天上;

劝卿来世,未遇封侯夫婿,莫到人间。

这是一副贫困者的挽妻联。糟糠,旧指穷人用来充饥的酒渣糠皮等。《韩非子·五蠹》:"糟糠不饱者不务粱肉,短褐不完者不待文绣。"后指曾经共过患难的妻子。《东坡志林》:"居富贵者不易糟糠。"上联讲,今生我穷得只剩一位贫苦而共患难的妻子,也死了(归天);下联劝死去的妻子,如果来世遇不到当大官的丈夫,就不要再来到人世! 妻死后还盼她来世能富贵。贫贱夫妻百世恩。一生不得温饱! 真实地反映了平民的困苦生活。语极沉痛,哀世道之不公。

詹新民挽妻:算来半世夫妻,吃也无,穿也无,叹卿真苦死了!

　　　　　　　放下千斤担子,天不管,地不管,比我倒快活些。

与上联异曲同工。死者比生者倒快活些,可见生之艰难!

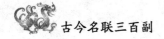

清人杨阆山挽妻联则达观:

天下无不散之筵席,似你我八旬已过,存何喜,没何悲?三岁忝增,奇则奇被卿先去;

人生最难堪者迟暮,纵子孙四代相依,耳也聋,目也瞆,九原有觉,等一等看我就来。

8. 粗衣淡饭好烟茶,这个福老子享了;
   齐家治国平天下,此等事儿曹任之。

据传,此联为林则徐之父题自家书屋联。刘统勋也有类似联。

齐家治国平天下出自《四书·大学》:修身在正其心,齐其家在修其身,治国必先齐其家,平天下在治其国。

长江后浪推前浪,世上新人胜旧人。后一代总要接前一代的班。但是,在岗的老一代常常对年轻一代接班人不太放心,或者不愿放权。当然,也有极少数人高兴让位,主动让贤的。林父就是其中之一。后生可畏。前一代要相信下一代能接好班,一代更比一代强。

据说,王守仁父王华有联:看儿曹整顿乾坤;任老子婆娑岁月。

还有异文:绿水青山,让老夫逍遥岁月;

黄扉白板,看吾儿整顿乾坤。

1. 人生唯酒色机关,须百炼此身成铁汉;
   世上有是非门户,要三缄其口作金人。

钱守璞(女),字寿之,清浙江杭州人。张骐妻。工诗,善绘花卉。张骐去广西任职,钱守璞随往。她时时注意帮助丈夫克服缺点。因见张骐豪饮健谈,醉后胡言乱语,招惹是非,手书此联于其座右。

上联劝夫百炼此身,以抵制酒色机关之欲。男人总要吃饭饮酒,娶妻生子。要以此身千锤百炼,把自己锻炼成一个品德高尚的坚强汉子。不要因沉迷酒色而堕落。下联劝夫要说话谨慎,以免招惹是非。社会上常有是非之地,要少说话,说话要谨慎小心。言多语失,招惹是非。官场尔虞我诈,钩心斗角,更应少说话,注意分寸。《说苑·敬慎》:"孔子之周,观于太庙。右阶之前有金人焉。三缄其口,而铭其背曰:'古之慎言人也。戒之哉,戒之哉!无多言,多言多败。'"三缄其口:缄,封闭,缄默无语。在嘴上贴上三张封条。形容说话谨慎,守口如瓶。

家有贤妻,男人不做横事。劝丈夫戒酒色,做强人。说话谨慎,少惹是非,实为贤妻也。义正词严,言辞恳切。见《楹联续话》。

2. 能攻心则反侧自消,自古知兵非好战;
不审势即宽严皆误,后来治蜀要深思。

赵藩(1851—1927)字樾村,晚号石禅老人。云南剑川向湖村人。白族,清光绪举人。1917年孙中山在广州成立军政府,他任交通部总长。他为人刚直,富有爱国思想,关心民间疾苦,清正廉明。军阀唐继尧统治云南时,赵多次建议唐要关心人民生活,维护社会稳定,唐不听忠言,结果下台、病死。赵送挽联云:"思量君去甚佳,撒手径行,永与万人消积愤;太息吾言不纳,私心自用,甘为群小送残终。"他工书,擅诗,著作宏富,有《向湖村舍诗初集》及二集、三集、别集;《云南丛书》205种,集云南文献之大成。

清末,岑春煊、刘炳章先后任四川总督。一个宽容失度,一个严酷有余。1902年赵藩游武侯祠,借诸葛亮治蜀,撰此联针砭时政。

攻心,《三国志·蜀书》裴松之注引《襄阳记》:"用兵之道,攻心为上,攻城为下;心战为上,兵战为下。"强调心理战,即瓦解敌人军心,从而使敌方失去战斗力。反侧自消:反侧,不顺从,不安之民。反叛之心自然消除。诸葛亮对彝族头领孟获七擒七纵,使其心悦诚服地说:"公,天威也,南人不复反矣!"知兵:通晓兵法,善于用兵。《孙子》:"百战百胜,非善之善者也;不战而屈人之兵,善之善者也。"非好战:不在于嗜好杀伐。不喜欢过多使用武力,而多用攻心战。审势:审时度势,详察时机和形势。宽严:指政治法度的宽大和严厉。《左传·昭公二十年》:"政宽则民慢,慢则纠之以猛。猛则民残,残则施之以宽。宽则济猛,猛以济宽,政是以和。"宽猛有度,一张一弛,为政之道。《宋朝事实类苑·祖宗圣训》:"宽则民慢,陷法者多;猛则民残,无所措手足。"失:失度,或过或不及,走极端,分寸不当。

此联最脍炙人口,寓意深刻,思想凝重,发人深省。上联讲孔明用兵之道,赞扬他的文治武功。他运用攻心战典型事例就是为了使南方长治久安,对孟获七擒七纵,终于使他心服地归顺蜀国,不再反叛。下联写孔明治蜀特点,以警示当政者,给人以深刻的启迪。

审时度势,宽严适度,争得民心,实乃做官施政之要诀,治国安邦之至道。

3. 玉帝行兵,雷鼓云旗,雨箭风刀天作阵;
龙王夜宴,月烛星灯,山肴海酒地为盘。

冯诚修(1702—1796)字达天,号潜斋,广州人。乾隆四年进士,贵州学政。《乾隆巡幸江南记》说,冯诚修进京投奔大臣陈宏谋门下温习功课,以便应考。乾隆早朝出上联,让众大臣对,无人对出。陈宏谋推荐冯诚修。冯奉旨上殿,略加思索对出下联。有说为纪昀所对。

上联说，玉皇大帝出征，以雷霆为战鼓，以彩云为战旗，暴雨做弓箭，疾风做战刀，天空就是战场。连用雷、云、雨、风、天五词，气势浩大。下联讲，龙王设夜宴，以明月做蜡烛，用群星做灯照明，山珍是佳肴，海水是美酒，大地是桌上的盘碟。连用月、星、山、海、地之词，意境宏远，气势雄阔。此处"地为盘"似乎不如"地为桌"合理。

联语奇思妙想，风格豪放，气势磅礴，可见胸怀之博大，眼界之开阔。刘基对朱元璋有相似联：

天作棋盘星作子，日月争光；雷为战鼓电为旗，风云际会。

4. 鱼所、肉所、麻将所，所内者甜，所外者苦；
猪公、狗公、乌龟公，公道何在？公理何存？

郭亮（1901—1928），湖南长沙人。湖南早期工人运动领导人。1927年中共"五大"中央委员，湖南省委书记。参加八一南昌起义。1928年3月，因叛徒出卖，被国民党反动派逮捕，在长沙被害。

作者小时看到工人们生活困苦非常气愤，便写了《问问社会》的新诗，被伪自治局公所传去"训话"。他亲眼看到这伙人奢侈糜烂、腐化堕落的生活内幕。社会的不合理现象激发了他抑制不住的义愤。从自治局公所回来后，撰此联。此联愤怒地揭露了土豪劣绅及其走狗整天吃喝嫖赌，指出这伙行尸走肉的"甜"是建立在鱼肉人民、"所外者苦"的基础之上的。怒斥他们整天形同猪狗、乌龟，对他们整日挂在嘴上的"公道""公理"发出"何在""何存"的责问。

此联"公""所"嵌字五出，矛头直指"公所"，骂得痛快淋漓，喊出了大众的心声，引起人们强烈的共鸣。

红七军宣传队题三防街团局门联与此联有相同点：

七寨诸公：猪公、羊公、狗公，谁谓无公？公心奚在？公道奚存？公内暗藏私，似此办公真特别；

三防团局：烟局、酒局、赌局，都成骗局。局内者甘，局外者苦。局分上下局，何时了局得升平。

5. 烟雨楼台，革命萌生，此间曾著星星火；
风云世界，逢春蛰起，到处皆闻殷殷雷。

董必武（1886—1975），湖南红安人。中国共产党的创始人之一。青年时参加同盟会，参加了辛亥革命，从事反帝反封建的斗争。1921年7月出席中共"一大"。1934年参加长征。新中国成立后，历任政务院（今国务院）副总理、最高人民法院院长，国家副主席、代主席，中央政治局委员、政治局常委。此联题浙江嘉兴南湖革命纪念馆。

1921年7月，中共"一大"在上海召开期间，受到法租界巡捕房暗探干扰，于是会场转移到嘉兴南湖，在一只游船上继续举行。南湖湖心岛上有建于五代的烟雨楼。楼名取自唐代杜牧"南朝四百八十寺，多少楼台烟雨中"之诗意。作为中共"一大"12名代表之一，董老在南湖参加党的成立大会，是终生难忘的。历经沧桑、天翻地覆的变化之后，1963年12月和1964年4月，董老两次访问南湖，感慨万千。适逢清明时节，正遇烟雨迷蒙。

上联，"烟雨楼台"，写时逢实景。"革命萌生，此间曾著星星火"：著，着，指点燃。中国共产党由此诞生，革命的星星之火曾由此点燃。风云世界：风云，比喻变幻动荡的局势。此指风云变幻的世界。逢春蛰起：蛰起，惊蛰是二十四节气之一。这时天气转暖，渐有春雷，冬眠物将出土活动。此喻在世界风云变幻局势下，中国革命时逢大好形势而奋起。殷殷雷：殷殷，盛大、众多。雷，革命的风雷。

上联是对革命初期史实的回忆，下联是对现实世界的无限感慨。见景生情,思绪万端,语言平实,笔力千钧。

6. 青山之高,绿水之深,岂必佛方开口笑？
徐行不困,稳地不跌,何妨人自纵心游。

钱沣(1740—1795)字东注,号南园,云南昆明人。清乾隆进士,历任监察御史、太常寺少卿、湖南学政等。以弹劾和珅事而声震天下,被鸩杀于北京云南会馆。工书,善画马。著有《南园先生遗集》。此为云南昆明西山华亭寺天王殿内弥勒佛龛联。

上联:岂必,不必。高高青山,深深绿水,哪里一定要佛僧领会其趣开口而笑呢?下联讲,慢慢地走就不困难,稳步地走就不会摔跟头。这样,就不妨纵情游览高山深水的景致了。青山绿水是自然客观存在。做事情要沉着冷静,不要着急。万事皆从忙里错。欲速则不达。想快走,迈大步,往往容易跌跤。此联吟咏山水,兼谈佛性,构思新颖,深入浅出,富含哲理,发人深省。

7. 画虎类犬,刻鹄成鹜,取法不慎则有悔；
教羊牧兔,使鱼捕鼠,任用非人必无功。

做各种事情必须方向正确,方法对头,否则,就做不好,不能取得预期的效果。做各种事情也必须用人,用人不当,事业难成。

《后汉书·马援传》:好议论人长短,妄是非正法,此吾所大恶也。"龙伯高敦厚周慎,口无择言,谦约节俭,廉公有威,吾爱之重之,愿汝曹效之。杜季良豪侠好义,忧人之忧,乐人之乐,清浊无所失,父丧致客,数郡毕至,吾爱之重之,不愿汝曹效也。效伯高不得,犹为谨敕之士,所谓刻鹄不成尚类鹜者也。效季良不得,陷为天下轻薄子,所谓画虎不成反类狗者也。"鹄,天鹅;鹜,野鸭。后以"画虎类犬,刻鹄类鹜"比喻模拟相类人或事物,虽不能逼真,还可

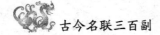

得其近似,以戒好高骛远。上联意为,做事情取法要慎重,讲究方法。不同的问题,要用不同的方法解决。方法不当,就会好心办坏事,铸成大错,悔恨终身。

下联,汉焦赣:"教羊牧兔,使鱼捕鼠,任非其人,费日无功。"用人如器,各取所长。要识人德才,任人唯贤。做任何事都要用人。用人不当,就会把事情办糟,达不到预期目的。劳而无功,甚至适得其反。成事必须方法正确、用人得当,否则将一事无成。此联恰当地运用了成语、比喻,有如格言,言简意赅,实为佳联。

8. 只有几文钱,你也求,他也求,给谁是好?
　　不做半点事,朝来拜,夕来拜,使我为难。

有联书称,作者为吴信辰。不知所据。

这是旧时财神庙联。联语假借财神之口,说出对争相求拜者左右为难的苦衷。上联说,面对众多的求拜者,财神只有几文钱(参拜者的捐资),不知给谁是好。下联斥责了朝夕来求拜的人,说他们不做半点事,只想求财神保佑发财,太"使我为难"了。

联语既是对财神法力无边的否定,又劝告求拜者要靠勤劳致富。在旧社会迷信神灵的氛围中,此联敢于与财神开玩笑,并谴责那些不肯做事的迷信者的愚昧,是难能可贵的。幽默有趣,有教育意义。

十六言

1. 一水抱城西,烟霭有无,拄杖僧归苍茫外;
　　群峰朝阁下,雨晴浓淡,倚栏人在画图中。

杨慎(1488—1559)字用修,号升庵,四川新都人。明文学家。

正德间进士第一,授翰林修撰。嘉靖初上疏力谏遭廷杖,谪戍云南永昌三十五年至死,颇多感愤。对民间文学很重视。著作达百余种,推明代第一。《三国演义》卷首词"滚滚长江东逝水……"即出于其手笔。后人辑有《升庵集》。

此联为云南昆明西山华亭寺联。华亭寺高踞西山之上。

上联:一水,即滇池,又称昆明池、昆明湖,在昆明市西山脚下。烟霭,云烟雾气。苍茫,旷远迷茫。上联写居高远眺之景:五百里滇池,碧波环抱春城,轻烟薄雾,时有时无。寺僧拄着拐杖从烟雾迷茫的远处归来。下联写站在西山眺望四周的景象:群峰向阁,如朝拜于华亭寺之下。天空时雨时晴,山色时浓时淡。靠着栏杆观赏的人,如在画图中一样。王维《汉江临眺》:"江流天地外,山色有无中。"又苏轼《饮湖上初晴后雨》:"水光潋滟晴方好,山色空蒙雨亦奇。欲把西湖比西子,淡妆浓抹总相宜。"

上联由水写到人,下联由山写到人。各有侧重,珠联璧合。生动地描绘出一幅浓淡相宜的山水画。景中寓情,诗情画意。用词清丽,清新淡雅。福建邵武熙春山、云南圆觉寺均有此联。

2. 一桌子点心,半桌子水果,哪知民间疾苦;
两点钟开会,四点钟到齐,岂是革命精神。

作者为冯玉祥(见本书第9页作者介绍)。

这是冯将军写给汪精卫的一副对联。1926年汪主持武汉政府时,口头上也喊革命,办起事来却大耍官僚派头。摆架子,讲排场,图享受。冯将军对他的表里不一极为反感。一次,冯将军到郑州开会,写了这副对联派人送给汪。横批:"官僚旧样"。汪一看,暴跳如雷。

上下联先摆事实,后加痛斥。口气昂扬,直抒胸臆。反映了冯

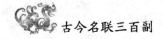

将军对口是心非的反动政客的鄙视和憎恶。联语全用口语,不加雕琢,通俗易懂,起到了口诛笔伐的作用。

今日之招待,岂止点心、水果也。"单位一桌饭,平民半年粮。"冯将军出身贫苦,后虽位及高官,仍清正廉洁,生活俭朴,律己甚严,一向以关心劳苦大众著称。他对达官显贵的穷奢极欲深恶痛绝。

3. 大鱼吃小鱼,小鱼吃虾,虾吃泥,泥干水尽;

   朝廷刮州府,州府刮县,县刮民,民穷国危。

这是一副顶针格的讽刺联。在清末民间广为流传。所谓顶针,即上一句的最末一个字,是下一句的头一个字的一种修辞方法。

在自然界中,弱肉强食,优胜劣汰,自然选择。在一切人对一切人战争的旧社会里,常常也是弱肉强食,以强凌弱,上级欺压下级,富人剥削穷人。最苦的是最底层的平民百姓。作为政府,也一级管一级,一级压一级。下级送礼行贿,上级收礼受贿,以权谋私,各取所需。"三年清知府,十万雪花银。"

联语用比兴手法,上联以水中鱼虾大欺小、强凌弱起兴;下联引出本意,即揭露各级政府政治腐败,从上到下,层层搜刮,弱肉强食,导致"民穷国危"的局面。最后就是官逼民反,逼上梁山。

4. 两脚不离大道,吃紧关头,须要认清岔路;

   一亭俯视群山,占高地步,自然赶上前人。

《古今联语汇选》载:"明郡守田汝成题南高峰联。"田汝成,字叔禾,浙江杭州人。嘉靖进士,官至福建提学副使。有联书称作者为陈文政(字冠山,贵阳人,官开泰教谕),也有称龚学海者。

此为贵州贵阳图云关(凌霄亭)联。杭州烟霞岭南高峰有此联。

上联,大道,指宽阔的道路,也指正确的道路、路线。岔路:歧途,也比喻错误的方向、道路。如,误入歧途。三岔口、十字路口是岔路所在,是正确选择前途的关键之处。《淮南子·说林训》:"杨子见逵路(岔路)而哭之,为之可以南,可以北。"身临岔路,容易迷失,因此感伤。《列子·说符》:"大道以多歧亡羊,学者以多方丧生。"后以"歧路亡羊"喻事物复杂多变,没有正确的方向而找不到真理。岔路:一语双关,既指路的岔路,又指人生道路上的岔路。上联讲,要到达目的地,就不能离开正确的道路。关键时刻,如遇到岔路处,一定要认清方向、路线,不能走错路。否则,南辕北辙,就不能到达目的地。

下联,一亭俯视群山:茶亭坐落于峰顶,居高临下,因而可以俯视群山。杜甫《望岳》:"会当凌绝顶,一览众山小。"前人:一语双关,既指走在前面的先行者,又指历史上有作为的人。能识群山全面目,只因身在最高峰。下联讲,登高望远,俯视群山,不断前进,自然会赶超过前面的人。也含今人能超越古人之意。历史的进步是加速度运动,速度越来越快。站在前人肩膀上,自然高于前人。

此联切地、切时,用语双关。富含哲理,即在人生道路上,每遇歧途,务必辨明方向,把握前程机遇。要树立远大志向,站得高,看得远,不断努力,做出超越前人的业绩。深入浅出,警策励人。

5. 为政不在言多,须息息从省身克己而出;
当官务持大体,思事事皆民生国计所关。

赵慎畛(1761—1825),字遵路,湖南常德人。嘉庆进士。道光二年授闽浙总督,以台湾为虑,尽选贤能而往。五年调云贵总督。他言行一致,关心民间疾苦,从政清廉,百姓爱戴。有《榆巢杂识》。此为题桂林府衙联。

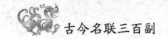

《史记·儒林列传》:"为治者不在言多,顾力行何如耳。"上联说,为政者不在夸夸其谈,而要时时刻刻反省自己,克制自己的私欲,以身作则,多办实事。下联讲,做官者务必要顾全大局,想到你所做的事都是与国计民生有关的大事,不可轻率马虎从事,必须认真对待,出以公心,正确处理。此联对今天从政者仍有现实意义。

十七言

1. 日月灯,云霞帐,风雷鼓板,天地间一大剧场;
汤武净,文王生,桓文丑末,古今人俱是角色。

此联为行业联——戏台联。上联意为,(露天剧场)以日月做灯,以云霞做帐幕,以风雷做戏剧伴奏中的鼓点和檀板。天地之间就是一个大剧场。下联讲,商朝的汤武王只是在历史的戏剧中扮演"花脸"的角色,周文王扮演"武生"的角色,齐桓公、晋文公扮演"丑角""老生"的角色。总之,无论古人今人都是历史舞台上的角色。每个人都在历史舞台上做了充分的表演。每个人物的好坏、贪廉、善恶,都会充分地暴露出来,人民会做出公正的评价。

舞台小天地,天地大舞台。此联意境开阔,气势磅礴;傲视王侯,目空今古。北京圆明园清音阁有戏台联:

尧舜生,汤武净,桓文丑旦,古今来几多角色;

日月灯,云霞彩,风雷鼓板,宇宙间一大戏场。

山东日照涛雒镇鱼骨庙联、辽宁营口大石桥娘娘庙也有类似者:

尧舜生,汤武净,桓文丑末,古今来几多好戏;

日月灯,山河彩,风雷鼓板,天地间一大舞台。

2. 万千劫危楼尚存！问谁摘斗摩霄，目空今古？
五百年故侯安在？愧我倚栏看剑，泪洒英雄！

陈方镛《楹联新话·胜迹》称，"广州粤秀山镇海楼旧有榜帖，为北平李棣华君所撰"。李棣华，北京人，做过彭玉麟幕僚。有联书说作者是张之洞（1837—1909）字孝达，河北南皮人。同治进士。洋务派首领，曾任两广总督、湖广总督。有《张文襄全集》。

此联为广州越秀公园中的镇海楼联。楼在越秀山顶，1380年朱亮祖镇守广东时所建。当时，倭寇侵扰沿海，建楼有"雄镇海疆"之意。站在镇海楼上，举目远眺，广州、珠江景物尽收眼底。

上联：万千劫，佛教称，天地自形成到毁灭为一劫。此楼五次被毁，五次重建。此处极言所遭劫难之多。危楼，见李白《夜宿山寺》："危楼高百尺，手可摘星辰。不敢高声语，恐惊天上人。"极言楼之高。摘斗摩霄：可摘星斗，可摸到云霄。也言楼上之人所处之高。目空今古，不把古今放在眼里！上联讲，高高的镇海楼，虽然历遭劫难，几经沧桑，如今依然耸入云霄，试问是谁站在如此之高处，摘斗摩星，不把古今放在眼里呢？

下联：故侯，指建此楼的朱亮祖。他以战功于洪武三年被封永嘉侯，洪武十二年镇守广东。陈亮《水调歌头》："千古英灵安在，旁薄几时通？"倚栏看剑：辛弃疾《破阵子》："醉里挑灯看剑，梦回吹角连营。"泪洒英雄：即洒英雄泪。见辛弃疾《水龙吟》："把吴钩看了，栏杆拍遍，无人会，登临意……抆（wen，擦拭）英雄泪。"中法战争中，作者主战，而朝廷却主和。此时凭栏吊古，看剑伤今。英雄虽在，无用武之地！因此洒下英雄之泪。下联，睹楼思人，联想起五百年前为镇守广东立下战功的朱亮祖，联系到当时国势，感到愧对古人，留下悲愤之泪。下联先是一个设问，引人遐想。接着抒发感

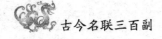

慨,缅怀英雄。五百年前的永嘉侯在哪里?惭愧的我白白倚栏看剑,徒有报国之志,壮志难酬,只能洒下英雄的失意之泪。

此联抚古思今,意境恢宏,豪气逼人,悲壮苍凉。展示了作者博大的胸怀和非凡的意气。"辞雄气壮,堪称粤中第一名联"。

3. 赤面秉赤心,骑赤兔追风,驰驱时,无忘赤帝;
　　青灯观青史,仗青龙偃月,隐微处,不愧青天。

《三国演义》第七十七回"玉泉山关帝庙"有此联。河南许昌关帝庙、马达加斯加苏瓦雷斯关帝庙也有此联。关羽在民间威望极高,被誉为"武圣"。关庙遍布九州,英名威震华夏,是古代忠勇典型。

关羽(?—220)字云长,山西临猗人。东汉末年亡命涿州,从刘备起兵。建安五年,刘备被曹操所败。他被俘后,极受礼遇,封汉寿亭侯。他挂印封金,过五关斩六将,又归刘备。建安十九年,镇守荆州。二十四年,围攻曹操部将曹仁于樊城,又大破于禁所领七军。因后备空虚,不久孙权袭取荆州,他兵败被杀。

赤面秉赤心:赤面,关羽在民间传说中是一红脸大汉。赤心,赤诚的忠心。赤兔,骏马名《三国志·魏志·吕布传》:"(吕)布有良马曰赤兔。"追风:骏马名。秦始皇有马名"追风"。此处说关羽骑赤兔追风马。赤帝:原指刘邦,此处喻刘备。上联说,关羽是个红脸大汉,有一颗赤胆忠心,骑着赤兔追风马,风驰电掣,驰驱时也不忘蜀主刘备。

青灯观青史:青灯,指油灯。因其光青莹,故名。青史,古代在青竹简上记事,因称史书为"青史"。仗青龙偃月:青龙偃月刀,形如半月,刀面有青龙纹,关羽所用武器。隐微处:隐秘细微之处。下联讲,关羽曾在青莹的油灯下攻读史书,以修身养性。他手持青龙偃月刀,东征西讨,功勋卓著。即使在心灵最隐秘细微之处也无丝毫对不起苍天的地方。

此联抓住人物特点，"赤""青"四出，造成节奏分明、语气急促、一气呵成之效。咏关羽的庙联较多，此为其中之佳者。

4. 有志者事竟成，破釜沉舟，百二秦关终属楚；
苦心人天不负，卧薪尝胆，三千越甲可吞吴。

清人邓文滨《醒睡录》载：前明孝廉胡寄垣初入学，试下等，愤甚。即登楼读书，不下梯者三年，并书此联自励，后数年遂中。

明末抗清英雄金声（1598—1645，字正希，崇祯进士）曾率义军抗清，被俘不屈而死。他誓师时的题联云：

破釜沉舟，百二秦关终属楚；

卧薪尝胆，三千兵甲定吞吴。

此联主题是表明金声抗清复明的决心。胡寄垣在此上下联前面各加6字，又改2字套用金声联。已改变主题，立志发奋也。

上联见《后汉书卷四十九·耿弇传》："帝谓弇曰：'有志者事竟成也。'"《孙子·九地》："焚舟破釜，若驰驱群羊而往。"破釜沉舟：毁掉饭锅，沉没战船，只留一条拼死求生的路，表明不胜即死的必胜信念。项羽曾用此法，"置之死地而后生"，大败秦兵，使"百二秦关终属楚"。（《史记·项羽本纪》）上联讲，有志者横下一条心，不达目的誓不罢休。下联，苦心人：含辛茹苦、有决心实现自己目标的人。天不负：苍天不负苦心人，功到自然成。"卧薪尝胆"见《史记·勾践世家》：春秋时，越王勾践被吴王打败，越王决意复仇。他发奋图强，不贪安乐，夜间睡在柴薪上，住处悬挂苦胆，经常尝其苦味，提醒自己不要忘记亡国之辱。经过长期努力和准备，终于率领三千兵甲打败吴国。后以此形容刻苦自励，发奋图强可达到目的。

此联多用常言和典故，第一句概括中心，后句例证。恰切、自然,含义深刻,气概不凡。有心才能做大事;无志谁曾成英雄!

"百二秦关终属楚"不确。项羽占领百二秦关是暂时的。后来,项羽大军终被刘邦所灭。把"终"改为"曾"即"曾属楚"就严密了。蒲松龄屡试不第,曾题此联自励,有人以为作者为蒲松龄。

5. 无意求官,问天下英雄能不入彀者有几辈?
以身试法,为我国言论力争自由之第一人。

张元济(1867—1959)字菊生,浙江海盐人。光绪进士。出版家。曾任刑部主事、总理各国事务衙门章京,因参加维新运动被革职。后在上海致力文化事业,毕生主持商务印书馆,校印百衲本《二十四史》,影印《四部丛刊》。辑《续古逸丛书》。著有《校史随笔》《涵芬楼烬余书录》。此为张元济挽近代民主革命家、思想家章太炎联。

上联讲章氏的学术成就。无意求官,不追求名利。彀(gou够),张满弓弩。《列子·汤问》:"彀弓而兽伏鸟下。"引申为牢笼、圈套。入彀,进入弓箭射程之内,比喻受笼络、就范。王定保《唐摭言·述进士》:唐太宗"私幸端门,见新进士缀行而出,喜曰:'天下英雄入吾彀中矣!'"此处赞扬章太炎是冲出封建专制思想罗网,不受清统治者笼络的人,天下少有。

下联,以身试法之法,是封建社会之法、袁世凯政府之法。赞扬章太炎敢于面对反动统治阶级之法,利用新闻阵地力争言论自由的业绩。光绪年间,他任《时务报》撰述,辛亥革命时,在上海主编《大共和日报》。都表现了章先生争取言论自由的大无畏的革命精神。鲁迅在《关于太炎先生二三事》中说:"考其生平,以大勋章作扇坠,临总统府之门,大诟袁世凯的包藏祸心者,并世无第二人;七被追捕,三入牢狱,而革命之志终不屈挠者,并世亦无第二人。这才是先哲的精神,后生的楷范。"

不拘联律,言简意赅。对死者了解之深,才能概括如此之准。

6. 我若有灵,也不至灰土处处堆,筋骨块块落;
汝休妄想,须知道勤俭般般有,懒惰件件无。

人们都追求富裕的生活。所谓富裕,就是钱财多,用之有余。财神成了封建社会迷信者崇拜的偶像。供奉财神的祠宇遍布城乡各地。

迷信者供奉财神,顶礼膜拜,就是盼望财神显灵,赐财于己。可是,财神庙年久失修,长时间风化,油彩已斑驳脱落。有的甚至已筋骨离散。无人打扫,纸灰、尘土到处都是。如此困苦窘迫,这些正是财神无灵的实证。有财之人和神仙的自居之地怎么会如此狼狈呢!上联以写实为据,借财神之口道出它"泥菩萨过江,自身难保"的处境。那么,我既无灵,又如何能赐财于"汝"(你)呢?借财神之口,用事实说话,有力地否定了财神的存在。

在否定财神之后,作者又假托财神之口,劝告前来求财者不要想入非非,梦想不劳而获。指出,企图通过烧香拜佛来求得发财致富是不切实际的"妄想"。要走勤劳致富之路,劳动创造一切。

此联用语诙谐多趣,讽刺深刻,充满善意。摆事实,讲道理,是破除迷信的醒人佳作。

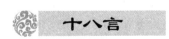

十八言

1. 大包易卖,大钱难捞,针鼻削铁,只向微中取利;
同父来少,同子来多,檐前滴水,几曾见过倒流!

这是广州大同酒家联。以鹤顶格嵌"大同",含天下大同之意。

上联讲酒店薄利多销的经营之道:卖大包,少收钱,容易卖。可是,赚大钱不容易,像从针鼻里削铁一样,只能微中取小利。大包按成本出售,老板无利可图,是吸引顾客的业务竞争手段之一。针鼻削铁,见元人《醉太平·讥贪小利者》:"燕口夺泥,针尖削铁,佛面刮金细搜求,无中觅有。"

下联说亲子轻父的世俗现象:酒店里来吃饭的人中,同父亲一起来的人少,带儿女一起来的人多。就像房檐滴水一样,都是从房檐往下流,不曾见过水从房檐往上倒流的。人们往下辈疼爱得多,对长辈疼爱的程度就差了。儿行千里母担忧,母行千里儿不愁。也许人和动物一样,为了传宗接代、延续后代,总是父母照顾儿女,也许本能如此吧。

父母对儿女的爱是无私的,不求回报的;儿女年幼,无独立生活能力,抚养儿女是父母的义务。同样,父母老了,独立生活能力很差了,儿女也有义务抚养和照顾父母。"谁言寸草心,报得三春晖。"父子关爱应该是互相的。

据传,有写于1937年7月后的大同老门联云:

大包不容易食,大钱不容易捞,大敌当前,大家须猛醒;

同子来饮者多,同父来饮者少,同心合力,同志挽狂澜。

此联对仗工整,切合时势,号召抗日救国,更有进步意义。

又有说广州大同茶楼战前征联,冠军联是:

大包不容易卖,大钱不容易捞,针鼻铁,盈利只向微中削;

同父饮茶者少,同子饮茶者多,檐前水,点滴何曾见倒流?

一说易卖,一说难卖,各有造诣。香港人据此联简化为第一联。

此联不是上下联对仗,而是上联、下联第二句和第一句各自对仗。此类对仗法实例甚多。此联运用了比喻和夸张手法,生动形象,语言通俗易懂,语意贴近社会生活。

2. 引袖拂寒星，古意苍茫，看四壁云山，青来剑外；
　　停琴伫凉月，予怀浩渺，喜一篙春水，绿到江南。

顾复初（约1812—1894）字乐余，江苏吴县人。诗人、书画家。光禄寺署正。有《罗曼山人诗文集》《乐余静廉斋文集》。

此联为题四川成都望江楼公园浣笺亭联。

上联，见韩愈《答张彻》："倚若睨海浪，引袖拂寒星。"举起衣袖可以拂拭寒星，形容楼之高。苍茫，旷远迷茫。青来剑外：春天的景色来到剑外。剑外：剑阁以南蜀中地区。

下联，停琴伫凉月：停止弹琴，等待清凉的月亮升起。见谢朓《移病还园示亲属》诗："停琴伫凉月，灭烛听归鸿。"予怀浩渺，见苏轼《前赤壁赋》："渺渺兮予怀，望美人兮天一方。"心怀浩荡，思乡、归家心切。一篙春水：见乾隆《太液池泛舟》："新水一篙深。"绿到江南：想象家乡江南一派绿色。见王安石《泊船瓜洲》："春风又绿江南岸，明月何时照我还。"此联将多人诗句熔于一炉。诗情画意，融情于景。意境深远，格调高雅。写活了生意盎然的春色，泄露出浓浓的乡情。

3. 天下名山僧占多，也该留一二奇峰，栖吾道友；
　　世间好话佛说尽，谁识得五千妙论，出我先师。

李渔（1611—1680）字笠鸿，号笠翁，浙江兰溪人。清戏曲家。所著《笠翁对韵》流传较广，在诗联界的创作格律上影响较大。著《闲情偶寄》，在戏剧理论上有所丰富和发展。《笠翁文集》卷四有联199副。《楹联三话》云，此联为庐山道院老君殿李道士倩李光地为叔所书，因此，老君殿得以幸存。李渔据此联改之。

李光地（1642—1718），字晋卿，福建安溪人。康熙进士，累官

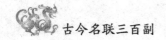

直隶巡抚、文渊阁大学士。有《榕村全集》。

　　道教是中国最大的本土宗教。它奉老子为教主,《道德经》为经典,肯定人的肉体和生命的永存具有最高价值。佛教汉时由印度传入我国。佛教与道教进行了长期的争斗论战,在隋唐时期压倒了道教而成为中国第一大宗教。佛教以释迦牟尼(约前565——前486,佛教创始者。姓乔达摩,名悉达多。释迦牟尼意即"释迦族的圣人")为教主。教义以众生平等思想反对婆罗门的种姓制度。以解除烦恼、修炼成佛为最终目的。它主张灵魂不灭和轮回报应。

　　此联题于江西庐山简寂观。此观为南朝道士陆修静所建,取"止烦即简,远嚣在寂"之意,初名太虚观。康熙十一年(1672),李渔游庐山,作此联并题序曰:

　　"遍庐山而扼胜者,皆佛寺也。求为道观,止此数楹。天下名山强半若是。释道应作平等观,不知世人何厚于僧而薄于道。聊题一联,为黄冠吐气。识者皆称快之。"

　　元宪宗七年(1257)秋天,蒙哥南下,那摩国师到六盘山为蒙哥出师祈祷,提到道教欺辱佛教。蒙哥十分气愤,决定于次年由忽必烈主持,在开平府举行佛道大辩论。结果道家失败,如约行罚,焚毁道教伪经45部,天下佛寺为道教所占237处,命归佛教所有。

　　上联讲,天下名山多为佛僧所占有,也应该留一些奇峰让崇奉道教的人住持。下联说,世上的好话都被佛说完了。可是,你们谁知道还有五千言的《道德经》这样妙论的作者,正是与我同姓(老子:李耳)道祖先师。

　　4. 死后尚贪心,那堪万贯钱财,泻玉流金堆废冢;
　　　　生前少筑怨,何用六千兵俑,威营列阵守孤坟。

　　文佩章,1930年生,湖南沅江人。中国楹联学会会员。此联是其题秦始皇陵联。秦始皇陵和兵马俑在西安市郊。

秦始皇(前259—前210),即嬴政。战国时秦国国君,秦王朝的建立者。公元前246—前210年在位。进行十年统一战争。消灭六国后,建立了中国历史上第一个中央集权的封建国家。统一法律、度量衡、货币和文字;北击匈奴,修筑长城;焚书坑儒,实行专制主义;严刑苛法,租役繁重,民不聊生。他死后不久,就爆发了大规模的农民起义。

上联,秦始皇生前,"普天之下,莫非王土;率土之滨,莫非王臣"。富有四海,财归一家。陵中陪葬泻玉流金,钱财万贯,所以说他"死后尚贪心"。下联,秦始皇生前,横征暴敛,穷兵黩武,闹得民穷国危,怨声载道,爆发了大规模农民起义。秦始皇兵马俑坑中有六千多兵俑和马俑,分营列阵,是保卫皇帝的陪葬品。所以说,如果生前少筑怨,就不必陪葬六千兵俑,威营列阵地守他的孤坟了。

此联切地切人,对仗工整,语言简洁,平实恳切。作者作为人民的代言人,控诉了封建统治者的罪行。

5. 横持一把月斧,威灵赫赫,杀尽天下土豪劣绅;
岩上几尊活佛,慈心荡荡,普救世界贫农赤工。

曾庆轩(1901—1928),湖南石门人,革命烈士。1924年加入中国共产党,曾任石门县委书记、湘鄂边区游击队司令。

曾庆轩在家乡领导农民运动,组织了大刀队、梭镖队,使飞扬跋扈的土豪劣绅闻风丧胆,惶惶不可终日,只好求神拜佛,祈求菩萨保佑。有一天,曾庆轩路经横岩寺,见当地一些豪绅正在请和尚念经。这帮家伙看到曾庆轩,便假惺惺地请他题字"训导"。曾庆轩将计就计,写了这副对联。

月斧,指泥塑金刚所执月牙状大斧。威灵,指威风凛凛的泥塑

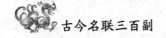

金刚,威势显赫。上联说,威风凛凛的金刚,横握一把月斧,要杀尽一切土豪劣绅。下联讲,岩上几尊慈心广大的活佛,将普遍地拯救全世界的贫苦农民和赤贫的工人。

联语借题发挥,通过对佛像的描绘,彰显革命威力,充分表达了革命者的浩然正气和崇高理想。构思巧妙,气势雄壮,很有意趣。

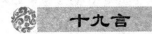
十九言

1. 百尺楼凭遍栏杆,极目古云山,问国族几经隆替?
一江水洗清霾瘴,手悬新日月,信人民才是英雄!

陈凡,1915年生,字百庸,广东三水人。香港《大公报》副总编。有《壮游诗记》。这是20世纪60年代,陈凡为广州越秀山镇海楼(五层楼)撰的联。见梁羽生《名联谈趣》。

百尺楼,言镇海楼之高。晋郭璞《登百尺楼赋》:"在青阳之季月,登百尺以高观。"凭遍栏杆:谓倚栏良久,感慨颇多。见辛弃疾《水龙吟》:"把吴钩看了,栏杆拍遍,无人会,登临意。"国族:中国和中华民族。隆替:盛衰,兴废更替。潘岳《西征赋》:"人之升降,与政隆替。"此指经历了历代盛衰。上联讲,作者登上镇海楼,久久倚栏远眺,看到远处古已有、今犹存的高山和流云,自问:我们的国家和民族经历了多少次兴衰交替啊!

下联,一江,指珠江。霾瘴:霾(mai),《诗·邶风·终风》:"终风且霾。"毛传:"霾,雨土也。"空气中因悬浮大量烟尘等微粒而形成的混浊现象,通称"阴霾"。瘴,瘴气,南方山林间湿热蒸郁致人疾病的气。这里应译成,珠江之水洗清了此处周围的乌烟瘴气。也指扫除了旧社会的黑暗。手悬新日月:应是指建立了新中国,开始了新的群众的时代。或人民掌握了天下,开辟了新天地。下联讲,凭栏南望,见珠江之水奔流不息,洗清了空中的乌烟瘴气。人民大革命取得了胜利,有了人民的新政权,由人民来决定中国的命运了! 人民才是历史的创造者,人民才是真正的英雄! 二十四史是为帝王将相树碑立传、歌功颂德的史书,是帝王将相的功劳簿。而现在,人民亲手来写历史了。"信人民才是英雄!"

此联作者站在历史的新高度,怀古思今,立意高远,气势宏大,充分肯定了人民的历史作用。梁羽生《名联谈趣》评:"此联有气魄,具有历史感,是适合新时代的新对联。"内容新,思想新,堪称新时代粤中第一佳联。

2.念厥职非轻,休戚与六邑相关:曰慎,曰清,曰勤敏;求斯心可问,是非唯群言为度:不宽、不猛、不因循。

此联是清朝浙江宁波府署联。

念:考虑,思考。厥:其,乃。此做代词。休戚相关:休,喜悦。戚,悲哀。形容关系密切,利害一致。邑,旧时县的别称。慎,谨慎,当心。清,清正廉洁。勤敏:勤,努力,认真。敏,聪敏,奋勉。南朝刘义庆《世说新语》云:"为官长当清、当慎、当勤,修此三者,何患不治乎?"上联讲,应该认识到这个职位责任不轻啊! 它与六县百姓喜忧、祸福密切相关,休戚与共。所以说,做事要谨慎小心,清正廉明,努力认真,勤勉奋进,不辞辛劳地履行职责。

下联,斯:则、乃,此代"此"用。可:能、可以。群言:群众的言论,民心。度:标准。不宽、不猛:《宋朝事实类苑·祖宗圣训》:"宽则民慢,陷法者多;猛则民残,无所措手足。"指政治法度宽大和严厉要适度。因循:沿袭,照旧不改。下联讲,为官者要经常扪心自问,处事是否以民意为尺度;审时度势,做到了宽严适度、恰到好处。不要因循守旧，要因时因地因事而移。时过境迁，不能墨守成规，要与时俱进。

此联平实地表达了为官者要重职守、勤政事、清正廉洁；知民心，行民意，不因循、不拖沓的思想。

朱应镐《楹联新话》云，广东抚署二堂有新建程晴峰联：

充无欲害人心，不忧不惑不惧；

行可以告天事，日清日慎日勤。

3.两手把大地山河捏瘪搓圆，洒向空中，毫无色相；
一口将先天祖气咀来嚼去，吞在肚里，放出光明。

舒藻（1807—1890）字香谷，云南昆明人。清道光（1843年）举人。同治年间为马如龙幕僚。后任湖北均州刺史。这是题云南玉案山筇竹寺大雄宝殿联。筇竹寺建于元代，多次被毁，多次重修。

联语作者似是受了有一个大口、两只大手和一个大肚的弥勒佛形象的启示，加以联想和丰富的想象，塑造了一位两手、一口巨大无比、威力无穷，能肚吞乾坤的高大形象。

上联说，用两只巨手把大地山河捏瘪了，再搓圆了，然后抛向空中，丝毫没有形貌。色相，指一切事物的形状外貌。《楞严经》："离诸色相，无分别性。"

下联讲，张开大口把构成初始世界的、万物本源的一切原始之气，在口里反复咀嚼，然后吞入大腹之中，让它放出光明。先天：人或动物的胚胎时期，这里指初始的。祖气：祖，起初，开始。气，原指云气，后指一切气体。见王充《论衡·自然》："天地合气，万物自生。"光明，见《华严经》："无边色相，圆满光明。"

联语作者敢于大胆地想象，新颖奇妙地构思，表达了他改造世界、重塑乾坤的雄心壮志和建立一个充满光明的理想世界的远大抱负。气势浩大，无与伦比。虚云法师改写此联，用于永修真如寺：

两手将山河大地捏扁搓圆，捣碎了遍撒虚空，浑无世相；
一棒把千古孽魔打死救活，唤醒来放入微尘，供作道场。

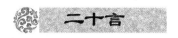

二十言

1.毋忘孤苦出身，看诸儿绕膝相依，已较我少年有福；
切莫奢侈过分，闻到处向隅而泣，试问你独乐何心？

黄炎培(1878—1965)字任之，上海川沙人。清末举人。早年参加同盟会。新中国成立后，曾任国务院副总理、全国人大常委会副委员长、政协副主席。有座右铭云："理必求真，事必求是，言必守信，行必踏实。事闲勿荒，事繁勿慌，有言必信，无欲则刚。和若春风，肃若秋霜，取向于前才，外圆内方。"又自题联云：

大量容人，小心处事；正身率物，屈己为群。

此联作于民国初年。黄老把自己书室取名为"非有斋"，语出《庄子》"吾身非吾有也"。不久，"非有斋"匾额被人拿走了，他便另制匾额，叫"非非有斋"，更非吾有了！此联即是自题此斋联，用以自励，又是告诫后人。上下联首句是全联主题，实乃立身治家之本。作者不忘自己出身的孤苦，对现实诸儿绕膝深感欣慰。但是，想到内战未停，不少百姓饥寒交迫，自觉不能奢侈，不应静心独乐。表现了作者先忧后乐的高尚情怀。通俗易懂，朴实无华，情感诚挚。

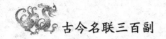

2.创业难,守业亦难,须知物力维艰,事事莫争虚体面;
　居家易,治家不易,欲自我身作则,行行当立好规模。

吴玉章(1878—1966),四川荣县人。无产阶级革命家、教育家。早期参加同盟会和辛亥革命。参加八一南昌起义,任秘书长。参加共产国际第七次代表大会。1938年后,历任延安鲁艺院长、四川省委书记、中国人民大学校长。1963年吴本清看望叔祖父吴玉章,请他为自己题词留念。吴老为之题此联。

联语充满对后代的殷切期望,希望他们能领会到创业难、守业亦难,珍惜来之不易的幸福,切忌华而不实、贪图虚名,要艰苦奋斗。应知治家不易,要严格要求自己,以身作则,开创新业绩,做个好榜样。石成金(1659—1736)有联:

创业维艰,祖父备尝辛苦;守成不易,子孙宜戒奢华。

联语通俗易懂,朴实无华。苦口婆心,期望殷切。

3.吃苦是良图,做苦事,用苦心,费苦劲,苦境终成乐境;
　偷闲非善策,说闲话,好闲游,做闲事,闲人就是废人。

李甲秾(1898—1932),烈士,湖南宁乡人。牺牲于大革命时期。

此联是李甲秾1927年写的寝室窗联,用以自励。联语以辩证的观点阐明了革命者的苦乐观,指出苦与乐、闲与废的关系。通俗易懂,发人深省。能激励人们的革命斗志,克服困难,艰苦奋斗。

《孟子·告子上》:"天将降大任于斯人也,必先苦其心志,劳其筋骨,饿其体肤,空乏其身,行拂乱其所为,所以动心忍性,增益其所不能。"上联以吃苦为修身妙法,指出只有不怕吃苦的有志者,经过奋斗,才能真正体会到取得胜利的喜悦"乐境"。没有苦中苦,难得甜上甜。下联讲,闲懒、贪图安逸并非上策。时光虚度,将一事无成,就是一个无用的废人。只有树立大志,为之勤奋努力,艰苦奋斗,才能有所作为,生活才有意义。

苦中有乐,用进废退。苦、闲二字五出,不但起到了强调作用,而且造成很强的节奏感。通俗易懂,朗朗上口。

4. 勤补拙,俭养廉,更无暇馈间逢迎,来往宾朋须谅我;
让化争,诚去伪,敬以告父兄耆老,教诲子弟各成人。

陈文述(1768或1771—1843)字隽甫,浙江钱塘人。嘉庆五年举人。官至江都县知事。有《碧城仙馆诗钞》。

上联说,勤能补拙,俭可养廉,更无时间逢迎馈赠,请来往的亲属宾朋一定要谅解我。下联,耆老,老年人。特指品德高尚受人尊敬的老人。下联讲,礼让能化解纷争,诚实可去掉虚伪,敬告父兄和老年人,要教育自己的子女各自成人,不要犯法惹是非,否则,公堂上我可不客气,公事公办。此乃作者为官的宣言,铿锵有力,掷地有声。是反腐倡廉的好教材。

5. 登百尺楼,看大好河山,天若有情,应识四方思猛士;
留一抔土,以争光日月,人谁不死?独将千古让先生。

作者黄兴(见本书第115页介绍)。

此联为题安徽安庆徐锡麟烈士楼联。楼在安庆大观亭旁,为纪念徐锡麟烈士而建。徐锡麟(1873—1907),浙江绍兴人。近代民主革命烈士。1907年与秋瑾准备在皖浙两省同时起义。7月6日,在安庆枪杀清巡抚恩铭,率领巡警学堂学生攻占军械局。起义失败,被捕后英勇就义。上联,登楼览胜,触景生情。看祖国大好河山破碎不堪,顿生感慨。后两句见李贺《金铜仙人辞汉歌》"天若有情天亦老"和刘邦的《大风歌》"安得猛士兮守四方"的诗句,深切

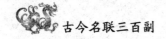

地表达了痛惜烈士的牺牲,殷切地寄希望于后来者。下联,"一抔土",抔(póu),用手捧。一抔土,指坟墓,此借指烈士楼。烈士的英灵可与日月争光,千古不朽。人谁不死,见文天祥《过零丁洋》:"人生自古谁无死,留取丹心照汗青。"

此联感情深沉,风格豪放,大义凛然。充分地表达了作者对烈士的沉痛悼念和崇高的敬意,也是对继往开来者的深情激励。

二十一言

1.说一声去也,送别桥头,叹万里长驱,过桥便入天涯路;
　盼今日归哉,迎来道左,喜故人见面,握手还疑梦里身。

陈文政,字冠山,贵州贵阳人。官开泰教谕。有《醉迷亭乐府全集》。此联为题贵阳北关通济桥亭联。

通济桥曾是从云南经贵州去湖南的必由之路,也是通常送别和迎客之处。作者抓住这一特点,把迎送亲友的情景描绘得有声有色,逼真而传神。上联说送别之状,离愁别恨之情充溢于字里行间。下联写盼归和重逢之乐。亲戚故友,久别重逢,如杜甫《羌村》诗中云:"相对如梦寐。"一送一迎,一叹一喜,情浓意切,颇多韵味,十分切合在桥头送往迎来的特定情境。

2.好问则裕,自用则小,虽周公之才美,使骄吝不足观矣;
　闻过则喜,见善则拜,若诸葛之公明,能集思庶广益焉。

康有为(1858—1927)字广厦,号更生,广东南海人。光绪进士,授工部主事。鉴于中国惨败于日本,曾七次上书光绪皇帝要求变法。1895年第二次上书时,有赴京会试举人1300余人署名，要求拒绝和约，即有名的"公车上书"。戊戌变法失败后，逃亡国外。此后组织保皇会，反对民主革命。参加张勋复辟活动。著有《大同书》《礼运注》《中庸注》《康南海先生诗文集》。

1923年春，康有为为军阀吴佩孚祝50寿，除贺联外，又赠此联。

上联意为，勤于向人请教，学问就会渊博；刚愎自用，自行其是，不采纳别人的意见，知识面就会很小。即使像周公那样的人，如果骄傲而悭吝，也不足观。语出《尚书·仲虺之诰》："能自得师者王，谓人莫己若者亡。好学则裕，自用则小。"《论语·泰伯》："如有周公之才之美，使骄且吝，其余不足观也矣。"

下联意为，听到别人给自己指出过错就高兴，听到善言就恭敬地接受。像诸葛亮那样公正聪明的人，才能集中大家的智慧，博采众人有益的意见。《孟子·公孙丑》："子路人告之以有过则喜；禹闻善言则拜。"诸葛亮《教与军师长史参军掾属》："夫参署者，集众思，广忠益也。"此为集句的宽联，不拘联律，立意甚佳。

3. 从未闻男女平权，公说公有理，婆说婆有理，万难成理；
君不见阴阳合历，你过你的年，我过我的年，一样是年。

陈家铨《名联欣赏》称作者为王闿运。但有异文，上下联没有前三字和后四字。有称作者为刘师亮（见《对联纵横谈》）。

古代男尊女卑，辛亥革命后，讲男女平等。于是，长沙有一封建遗老写出上联，乘夜深人静时贴在闹市，自以为得意。次日清晨，几位才女见后对出下联。联语以新思想对抗旧思想，以理服人。求同存异，各得其所。语言通俗易懂，思想性很强。

二十二言

1.吃百姓之饭,穿百姓之衣,莫道百姓可欺,自己也是百姓;
　得一官不荣,失一官不辱,勿说一官无用,地方全靠一官。

传说,这是康熙年间河南内乡知县高以永的县衙联。高在内乡任职9年,颇有政声。

上联阐述对做官的辩证认识和县官的重要性。得一官不要感到无比荣耀,县官应一心为民造福。因为为民请命,得罪上司,失去一官,也不要感到耻辱。不要以为地方小官无足轻重。要知道,地方百姓的安危、祸福,全靠地方一官。

下联讲官与民的关系。说出做官的人吃的、穿的、用的都来自老百姓,民是官的衣食父母。不要因为当了官就忘乎所以,高高在上,为所欲为,仗势欺民。做官的人应该对得起老百姓,多为老百姓做好事,不要自欺欺人,贪赃枉法,不要忘了自己也是百姓出身。

上联说官之荣辱与重要,下联说官出于民、应用于民。说出官对民的重要和做官要奉公守法、中正爱民。此联语言质朴,通俗易懂,含义深刻。是一副为人称道的好联,流传很广,很有现实意义。

2.佳人才子总痴情,女爱男欢,愿生女皆佳人,生男皆才子;
　花好月圆无量寿,天长地久,看地上花常好,天上月常圆。

易顺鼎(1858—1920)字实甫,号眉枷,湖南汉寿人。15岁中举,有神童、才子之称誉。光绪元年举人。甲午战争时,曾两次到台湾助战。官至广东钦廉道。近代文学家。有《丁戊之间行卷》《四魂集》。此联为易顺鼎(易君左之父)寿其如夫人何玉顺联。

老年人都有美好的愿望:福如东海,寿比南山。白头偕老,生死与共。婚姻美满,家庭和睦;儿女有志,郎才女貌。如夫人,即指妾。此联是作者为其妾何玉顺祝寿联。也可改婚联用。此联语言流畅,文辞清丽,格调明快,文采斐然,堪称才子手笔。

3.莽乾坤能得几人闲,莫辜负半日逢僧,共话沧桑堪小憩;
　好光景不愁无处觅,最难是万家生佛,关怀涂炭救群黎。

这是云南昆明玉案山筇竹寺联。

上联,莽莽乾坤,绝大多数人都在为生计而忙忙碌碌。联作者偶有一时之闲,不要辜负了这半日和僧人相遇的机会,与他共话世事沧桑,可以得到暂时的轻松。沧桑,"沧海变桑田"的略语,指世事的巨大变化。小憩,稍微休息一下。

下联,好的生活境况不必忧虑没处找到,最难的是千家万户能有慈善的佛心,关怀生活处于极端困苦的人们,救助这些困苦的黎民百姓。光景,情景、境况。涂炭:烂泥和炭火,比喻困苦的境遇。群黎:黎民百姓。

作者忙里偷闲,与僧人共话世事沧桑,表达了对广大困苦百姓的关怀。匡时报国之情,济世救民之想,都在其中。

安徽安庆市明代建筑的大观楼有一联,形似而神异:
莽乾坤能得几人闲,且安排铁板铜琶,唱大江东去;
好风月不用一钱买,休辜负青山红树,送爽气西来。

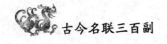

4.是南来第一雄关,只有天在上头,许壮士生还,将军夜渡;

　作西蜀千年屏障,会当秋登绝顶,看滇池月小,黔岭云低。

丁天锡在《四川日报》(1983-06-20)云:在卢州市图书馆收藏的《沛云堂立雪杂录》抄本中有此联。联前题序云:"蔡松坡、朱玉阶讨袁过雪山关,驻马题联。"《对联入门》称作者为杨公石(民国期间古蔺县赤水分县县佐)。

蔡锷(1882—1916),字松坡,湖南邵阳人,近代军事家。1898年入长沙时务学堂从梁启超学习。1900年参加自立军起兵,失败后留学日本。1904年归国训练新军。1911年武昌起义爆发,他在昆明举兵响应,任云南都督。1913年被袁世凯调至北京暗加监视。1915年策划反袁潜出北京,在云南组织护国军,讨伐袁世凯。袁死后,他任四川督军兼省长。因病而逝。有《蔡松坡先生遗集》。

1916年元月,蔡锷北上讨袁途中,由滇经黔入川时,经雪山关所作。全联从雪山关生发,通过对雪山关的咏叹,歌颂了护国军战士不畏艰险,勇往直前的英雄气概,寄托了对讨袁斗争的必胜信念,表现出他们的宏大气魄和乐观主义精神。上联写关隘之高,将军率领壮士们夜渡,必将凯旋。下联写雪山关地理位置和其雄姿。化用杜甫《望岳》"会当凌绝顶,一览众山小"的诗意,描绘出一幅壮丽的雪山秋景。词雄气壮,文采飞扬;感情昂扬,壮怀激烈,充满了豪迈雄奇的气魄。

5.世事本浮沉,看他傀儡登场,也无非屠狗封侯,烂羊作尉;

　山河供鼓吹,任尔风云变幻,总不过草头富贵,花面逢迎。

这是一副木偶戏台联。借木偶戏讽刺旧时代的官僚政

客。傀儡，即木偶，此处比喻浮沉于官场的高官。屠狗封侯，
《后汉书·朱祐传》："愈有鬻缯屠狗，轻猾之徒，或崇以连城之
赏，或任以阿衡之地。"侯，古代五等爵位的第二等。《礼记·王
制》："王者之制禄爵，公、侯、伯、子、男，凡五等。"烂羊作尉，
《后汉书·刘玄传》："灶下养，中郎将；烂羊胃，骑都尉；烂羊头，
关内侯。"尉，古代官名，春秋时晋国上中下都设尉。各国在将
军下设国尉、都尉，秦国以国尉为武官之长。屠狗、烂羊，这里
指杀猪、杀狗、宰羊的屠夫，在旧社会是地位底下、被人看不起
的人。上联讲世上的事本来就浮沉不定，那些封侯做尉的官僚
像木偶一样登上社会的舞台表演一番，不过是出身于卑贱的屠
夫而已。

　　下联，鼓吹，宣扬、宣传。草头，即草头露。草上的露水，
少而易干，比喻不能长久。杜甫《送孔巢父……兼呈李白》：
"惜君只欲苦死留，富贵何如草头露？"花面，女子用花饰面。
刘禹锡《寄赠小樊》："花面丫头十三四。"戏剧中的花脸，净角，
也称花面。山河供这些人炫耀，任凭政治舞台风云变幻不定，
只不过是荣耀一时难以长久的富贵，假面迎合而已。借木偶
说官场人，借题发挥，寓意双关。用语尖刻，入木三分。另有
薛时雨联云：

　　休羡他快意登场，也须夙世根基，才卜得屠狗封侯，烂羊作尉；
　　姑借尔寓言醒世，一任当前煊赫，总不过草头富贵，花面逢迎。
　　另一药王庙戏台联：
　　名场利场，无非戏场，做得出泼天富贵？
　　冷药热药，总是妙药，医不尽遍地炎凉。

二十三言

1. 混之为用大矣哉,大吃大喝,大摇大摆,命大福大,
大到院长;
球的本领滚而已,滚来滚去,滚入滚出,东滚西滚,
滚进棺材。

这是一副讽刺军阀谭延闿的对联。谭延闿(1880—1930)字组庵,湖南茶陵人。光绪进士。1909年任湖南咨议局议长。辛亥革命时,杀害湖南都督,篡夺都督职位。1927年依附蒋介石,曾任南京政府主席、行政院院长,诨号"水晶球"。有人化名"解组"(意为解剖"组庵"),戏撰此联。

上联以其大到院长,言"混"的哲学为用大矣;"大吃大喝"斥其奢侈腐化;"大摇大摆"责其专横骄奢。"大到院长"言其溜须拍马,官运亨通。下联用谭的诨号为喻,把他混的一生,形容像球一样滚来滚去,滚进棺材,生动而又诙谐。联首嵌"混球"二字,以俗语讽刺之。"大""滚"二字8处,造成很强的节奏感,起到强调作用,并且有嘲有骂,幽默有趣;多用口语,通俗易懂,盛传一时。

2. 到岸猛回头,听瀦阳第一滩声,浪与篙争,
好仗神威资利济;
顺流须努力,看黔国万重山水,峰随舵转,
全凭忠信涉波涛。

汪炳璈(1808—1882),原名咏霓,字仙谱,湖南宁乡人。道光二十九年举人。官至安顺知府,后调任贵州。有《笋香楼集》。

这是贵州镇远潕阳江大王滩亭联。潕阳江源出于贵州瓮公县,流入湖南沅江。在流经镇远处有大王滩。滩南岸有伏波庙,庙中有供奉东汉伏波将军马援塑像。

联语生动而又形象地描述了潕阳江中行船经过大王滩时的艰险,热情地歌颂了船夫们勇敢、团结、不畏艰险的斗争精神。

上联,"到岸猛回头"。镇远大王滩坚石多,水流急。船临近河岸时,为了防止与石相撞,艄公常常反向猛点一篙,使船惯力缓冲,慢慢地靠岸。"潕阳第一滩",即大王滩。篙,撑船用的竹竿或木杆,船夫用它支撑河底使船前行。"浪与篙争",激流和巨浪猛烈地冲击着篙,似与船夫支撑的篙相竞争。是侧面描述船夫与急流险滩拼搏,征服重重艰难险阻的勇敢斗争精神。"好仗神威资利济"。神威:神采、威风。这里形容河水冲击的凶猛,反衬船夫的斗争精神。资,资助。利济,有利于渡过河流。此句是说,好凭借激流的神奇威力,顺流而下向前航行。

下联,黔国,指贵州地区。峰回舵转,山峰林立、河岸曲折,山峰不动,而船沿河激流而下,峰回路转。"全凭忠信涉波涛"。此句一语双关。一是说,在急流险滩,要有忠实可信的人同舟共济,才能渡过。二是如李白在《蜀道难》中所说,"所守或匪亲,化为狼与豺"。在危难艰险的时刻或要害处,必须有忠实可信的人鼎力相助,奋力拼搏,才能战胜困难。否则,人不忠实可信,就会反受其害。

联语生动形象地描述了大王滩的凶险,令人惊心动魄,热情地歌颂了船工的勇敢斗争精神。切合实际,贴近生活。不落俗套,又含哲理。笔力雄健,豪情满怀。既曰过滩,也喻涉世。王坤《自怡轩对联缀语》湖南沅江辰溪段有青龙滩龙王庙联云:

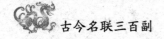

狂澜可挽,砥柱可流,赖有神灵成利济;
白虎非凶,青龙非吉,但凭忠信涉波涛。

3.女无不爱,媳无不憎,劝天下家婆, 减三分爱女之
  心而爱媳;
  妻何以顺,亲何以逆,愿尔辈人子, 将一点顺妻之
  意以顺亲。

此为广东新会县城隍庙联。庙已不存。为清一文人所写。

婆媳纠纷,古今甚多。多数母亲视女儿如掌上明珠,关爱备
至,却不想自己的女儿也要做别人家的媳妇。上联讲婆婆,热爱
女儿,憎恶媳妇,劝天下的婆婆都能拿出三分爱女之心来爱媳
妇。规劝婆母应将心比心,像对待女儿一样对待媳妇,婆媳要和
睦相处。

下联讲儿子,希望儿子像恭顺妻子一样孝顺父母。做儿子的
不应娶了媳妇忘了爹娘。既要搞好夫妻关系,又要孝敬父母,家庭
才能幸福美满。

家庭矛盾的产生,原因是多方面的。经济困难,利害方面
的冲突,思想、习惯不同的摩擦等。此联写了一个方面,选用
了爱、憎、顺、逆等富有感情色彩的词,叙述流畅,很有说服
力。贴近生活,恳切感人。李承衔云:南海徐佩韦大令台英,
为子授室联:

女无不爱,媳无不憎,愿世上翁姑,推三分爱女之情以爱媳;
妻易于顺,亲易于逆,望吾曹人子,减半点顺妻之心以顺亲。

二十四言

大老爷作生,金也要,银也要,票子也要:红黑一把抓,何分南北?

小百姓该死,麦未收,谷未收,豆儿未收:青黄两不接,咋送东西?

1926年,陕西西乡县遭遇特大旱灾,绝大部分地区颗粒未收。第二年青黄不接时,正值县官郭翼嘉生日。他全然不顾当地百姓死活,派人到处搜刮财礼,闹得鸡犬不宁,怨声载道。有人撰此联从外地寄到西乡县衙。

上联淋漓尽致地揭露了贪官的丑恶嘴脸,生动形象地表现了贪官竭尽敲诈勒索之能事。作生:过生日。票子:钱,货币。红黑一把抓,何分南北:什么东西都要,什么地方都搜刮。

下联深切抒发了广大百姓的怨恨之情,并对贪官们发出强烈质问。青黄不接:青,指田里的青苗。黄:指黄熟的庄稼。意为,旧粮已经吃完新粮未收获,新粮接续不上旧粮(只能挨饿)。咋,怎么。

此联语言通俗易懂,对仗工整,讽刺有利,是痛斥贪官污吏的佳联,长期流传于民间。

二十五言

1. 纵尽时间，横尽空间，几多教育家、政治家、宗教家，
   谁是完全人格？
   客观内籀，主观外籀，一有文字想、经济想、功名想，
   已非真正自由。

　　黄人（1866—1913），原名振元，字慕韩，号野蛮，中年改名黄人。江苏常熟人。南社社员，曾任东吴大学教授、上海《小说林》主编。有小说多种，善诗词，有《小说小话》《中国文学史》。他的居室号"辑陶梦梨拜石耕烟室"，因他非常仰慕明末清初的张岱、黄宗羲、黄道周、黄周星。此四人都不满封建君主专制统治，富有民主思想。自称黄人也表明他黄种人的民族气节。此为赠友联。

　　上联论人格，意为世上许多所谓称"家"的人，没有谁可称为"完全人格"的人。他在其所著《小说小话》中说："完全人格即理想人格，即使在小说中也是不存在的。没有必要去加以标榜，否则反使人感到不真实，以至于令人生厌。"金无足赤，人无完人。

　　下联论自由。人如有过多的身心之累，被物质和精神的羁绊所束缚，就没有真正的自由了。"内籀（zhòu）"是逻辑学归纳推理（由特殊到一般）的旧译；"外籀"是演绎推理（由一般到特殊）的旧译。

　　联语指出，人只有把自己放在无限的时空中，具有广阔的胸怀、远大的目光，才能有完整的人格。从主客观上去归纳、演绎，人只有挣脱名缰利锁才能获得真正的自由。思维开阔，富含人生哲理。

2. 不衫不履，居然名士风流，只因丑陋形骸，

　　险些淹没了胸中锦绣；

　　能屈能伸，自是英雄本色，可惜峥嵘头角，

　　有谁识你的笔底珠玑？

《对联话·杂缀》：此联为"俞省斋题魁星阁"。

上联说，衣衫褴褛、不修边幅的人，人们意想不到竟是一位已知名而未做官的杰出人才。只因相貌形体难看，险些被埋没了才干。下联讲，英雄能认清时势，在逆境中韬光养晦、在顺境中施展才干。可惜，有杰出才华的人才，有谁知道他的笔下文采呢！

衣服穿着切莫等闲看。衣着如何，常常能标明一个人的贫富、尊卑、身价、职业和地位。从古至今，社会上许许多多的人都以貌取人、以衣取人。衣衫褴褛、相貌难看，常被人看不起因而人才被埋没。所谓"人靠衣服马靠鞍"。美玉须有卞和赏；骏马也要伯乐识。是金子总会发光的。

自古才大难为用，从来圣贤皆寂寞。此联对怀才不遇者是安慰。

二十六言

1. 职业原无贵贱，只要安心务正，就是他剃头、唱戏、

　　缝衣服，不算低微；

　　品格应分高下，若是任意胡来，哪怕你做官、为宦、

　　当皇帝，照样肮脏。

墨遗萍(1908—1982)原名李毓泉，山西河津人。曾任山西省

剧协副主席。

封建社会鼓吹"劳心者治人,劳力者治于人"。职业有高低、贵贱之分。三教九流,有下九流。这些观念影响至今,许多人都鄙视服务行业。其实,职业无贵贱,品格有高下。行行出状元,业业有前途。只要安心钻研,踏实肯干,各行各业都能干出业绩。不务正业,游手好闲,拈轻怕重,见异思迁,干什么也干不好,也干不出成绩。贪图享乐,胡作非为,做高官也是一个贪官、庸官,当皇帝也是昏君、暴君,为害天下,为人所不齿。

2.把西江水一口吸干,聊润我枯唇,纵谈历史兴亡,
多少桑田尽沧海;
招南浦云两手抱住,不放他出岫,免得随风飘荡,
又无霖雨及苍生。

江峰青(1860—1931),字湘岚,江西婺源人。光绪进士,宣统间任江西省审判厅丞。有《里居楹语录存》《魏唐楹帖》。李宝嘉《南亭联话》:题滕王阁冬防保甲总查局(水上警察厅)联。

桑田尽沧海:桑田都变成大海。比喻变化之大。南浦云:见王勃《滕王阁》诗:"画栋朝飞南浦云,朱帘暮卷西山雨。"南浦,南面的水边,当指鄱阳湖。《九歌·河伯》:"送美人兮南浦。"霖雨:连绵的大雨。《书·说命上》:"若岁大旱,用汝作霖雨。"后以霖雨喻济世之臣。苍生:原指生草木之处,借指百姓。作者要一口吸干西江水,暂且浸润一下他枯干的嘴唇,来无拘无束地谈论历史兴衰,以往社会的巨大变化。他要双手抱住招来的南浦之云,不放它出山,以免其随风飘来飘去不下雨,无济于百姓农田的干旱。

"一口吸干""两手抱住",虽不能至,心向往之。作者心胸开阔,目光远大;纵观历史,横怜苍生。大胆地运用了夸张手法,通过

恨云不雨,表达了对百姓疾苦的深切同情。

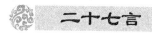

1.人人论功名,功有实功,名有实名,存一点掩耳盗铃
　之私心,终为无益;
　官官称父母,父必真父,母必真母,做几件悬羊卖狗
　之假事,总不相干。

　　武承谟,字邵孟,清代山西盂县西小坪村人。康熙三十九
年进士,曾任大庚(今江西大余)知县,后任江苏无锡县令。著
有《尚志堂诗草》《逸溪堂稿》《客窗质语》。武到任的当天就把
预先撰好的四副对联贴在县衙内外。此联就是其中之一,贴于
大堂两侧。

　　上联讲"功、名"与"实"的关系,突出一个"实"字,提醒自己应
该求实功、实名。不存私心,不图虚名,要名实相符。自欺欺人,对
人对己都没好处。掩耳盗铃:事见《吕氏春秋·自知》,有人得一钟,
想背走。钟大背不了,欲敲碎,又怕别人听到钟声来抢他的钟,于
是,用手捂住自己的耳朵。以为自己听不见,别人也听不见。

　　下联,古代称州县之官为"父母官"。既是父母,就应像父母对
待儿女那样,真心实意地给百姓做几件真事、好事,不能做那种"挂
羊头,卖狗肉"的假事,欺骗人民。父母官,见《孟子·梁惠王》:"民
之所好好之,民之所恶恶之,此之谓民之父母。"

　　此联意在说明为官处世,必须真心实意地为人民做些好事,要
不存私心,不要自欺欺人,自以为聪明,愚弄人民。否则,必将害人
害己。此联今日读来,对各级领导干部仍有现实教育意义。

此联话里藏锋,令好人快意,让歹徒惊心。《楹联丛话》云:联一贴出,四乡皆聚观。平日绅衿之出入县庭者皆悚息危惧而避之。

2.马上得之,马上治之,造亿万年太平天国于弓刀锋镝之间,斯为健者;

东面而征,西面而征,救廿一省无罪良民于水火倒悬之会,是曰仁人。

李秀成(1823—1864),广西藤县人。太平天国将领。屡立战功,受封为"忠王"。1864年7月,天京陷落,他突围后被俘,被曾国藩杀害。此联为其寝殿联。

《汉书·陆贾传》:"马上得之,宁可以马上治乎?且汤武逆取而以顺守之,文武并用,长久之术也。"锋镝:锋,刀口;镝,箭头,泛指兵器,此指军事斗争。上联根据太平天国当时的实际情况,指出政权是在对敌武装斗争中取得的。只有以军队为基础,为人民创造长久的安定环境的人,才是真正的英雄豪杰。

廿,二十。《孟子·梁惠王》:"东面而征,西夷怨。南面而征,北狄怨。曰:'奚为后我?'民望之,若大旱之望云霓也。归市者不止,耕者不变。诛其君而吊其民……今燕虐其民,王往而征之,民以为将拯己于水火之中也。"水火,喻灾难。《孟子·公孙丑》:"当今之时,万乘之国行仁政,民之悦之,犹解倒悬也。"倒悬,把人倒挂起来。比喻处境困苦。下联意为,通过太平军的东征西伐,把无辜的百姓从水深火热的苦难中解救出来的人,这才叫志士仁人。

联语真实地表达了推翻满清统治的雄心壮志,热情地倾诉了对广大人民群众的深切关心。笔力雄浑,风格豪放,音韵铿锵,有很强的感染力。是思想性和艺术性都很高的佳联。

3. 我别良人去也。大丈夫何患无妻?愿他时重缔姻缘,
莫向生妻谈死妇;
儿依严父悲哉。小孩子终当有母。倘后日得蒙抚养,
须知继母即亲娘。

有联书说为欧阳巽妻何氏联。何氏,福建人,1848年亡。

上联嘱夫:我将离你而去。你堂堂的大丈夫不必忧虑没有妻子。希望你以后再娶时,不要向新的妻子说起我。下联教子:孩子依偎在父亲身旁,二人一同悲伤。小孩儿总得有个娘。倘若他日承蒙得到继母的抚养,你要像对待亲娘一样对待继母,报答她的养育之恩。

此联深切地表达了将逝之妻、母,对丈夫的恩爱和对儿女的忘我关怀,将死仍放心不下。可见其心地之善良,思想之高尚。令人肃然起敬。劝夫莫悲,仍应再娶,对新妻勿说我,以防造成矛盾。劝儿女孝敬继母,谆谆嘱咐,殷殷寄语。牵肠挂肚,无比惦记。联语用口语述出,使人如身临其境,具有极强的艺术感染力。梁章钜《楹联续话》:里堂有林姓妇中年而亡,自挽云:

我别君去,君何患无妻,倘异时再叶鸾占,莫谓生妻不如死妇;
儿随父悲,儿终当有母,愿他日得酬乌哺,须知养母即是亲娘。

4. 白头翁持大戟,跨海马,与木贼草寇战百合,
旋复回朝,不愧将军国老;
红娘子插金簪,戴银花,比牡丹芍药胜五倍,
从容出阁,宛如云母天仙。

这是一副别出心裁的中药店联。上下联分别嵌入九味中药名。上联嵌入白头翁、大戟、海马、木贼、草寇、百合、旋复、将军、

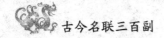

国老;下联嵌入红娘子、金簪、银花、牡丹、芍药、五倍、苁蓉、云母、天仙。

把如此多的中药名纳入一联,而无堆砌杂乱之感,安排妥帖,流畅自然,实属不易。读之无中药味,而如一位沙场战将与一位闺中秀女:将军战功赫赫,八面威风;秀女雍容娴雅,美若天仙。

另外,串联药名的几个动词也生动准确,渲染了场面气氛,增强了表达效果。构思奇特,匠心独运,鲜活风趣,对仗也较工整。

二十八言

1. 大江东去,浪淘尽千古英雄。问楼外青山,
   山外白云,何处是唐宫汉阙?
   小苑春回,莺唤起一庭佳丽。看池边绿树,
   树边红雨,此间有舜日尧天。

徐达(1332—1385)字天德,安徽凤阳人。明初名将。农家出身。元末参加朱元璋起义军,与常遇春同称才勇。他有谋略,行军持重,纪律严明。封魏国公,死后追封中山王。赵浩如《历代楹联选注》云:此联上半联为徐达作,下联为一诸生对成。李宝嘉《南亭联话》称:"郑方城撰别墅联。"又传为清诗人、书画家黄景仁所撰,也难确考。

此联为金陵藩署瞻园联。瞻园在南京夫子庙西,传为徐达故宅。

上联从大处着眼,写苑外之景。借苏轼《念奴娇·赤壁怀古》开头起兴,喻时间的洪流不仅淘走岁月,也卷去了千古英雄。接着又以一个"问"字提起下文,继续深化主旨。又借林升《题临安邸》"山外青山楼外楼"的诗句,以青山、高楼和白云等描绘旷远美丽的景

致。何处是唐宫汉阙：汉唐的宫殿已不复存在。也代指历代兴衰。目光高远，景象广阔宏大。

下联在近处微观，写苑内之景。就眼前的小苑，以"春回"领起，以"舜日尧天"的主旨落笔。小苑，帝王的小花园，此指瞻园。佳丽，指美女，白居易《长恨歌》："后宫佳丽三千人，三千宠爱在一身。"鲍泉《咏蔷薇》："佳丽新妆罢，含笑折芳丛。"或指美景。红雨，喻落花。唐李贺《将进酒》："况是青春日将暮，桃花乱落如红雨。""舜日尧天"，指太平盛世。南朝梁沈约《四时白纻歌·春白纻》："佩服瑶草驻容色，舜日尧年欢无极。"下联以小苑春回、莺鸣、绿树、红雨，描绘出新春美景，渲染舜日尧天——太平盛世的美好，表明了对国强民富的太平景象的期盼。

此联构思巧妙，联想丰富，放得开，收得拢。上联气势宏伟，化用自然，运用了设问、顶针手法。下联小巧别致，极切地域。全联文字秀丽，对仗工整，情景交融。文采飞扬，意韵俱佳。上怀古，下颂今，充分表现了作者的豪情和雅兴。

上联意境悲壮苍凉，语句自然贴切，"工丽中别有一种英爽之气"（赵翼语）。下联写目下所处园庭，一变而为婉约，不禁顿生欣然得所，沉湎于现实乐境之中。

2.南南北北，文文武武，争争斗斗，时时杀杀砍砍，
搜搜刮刮，看看干干净净；
户户家家，女女男男，寡寡孤孤，处处惊惊慌慌，
哭哭啼啼，真真惨惨凄凄。

这是民国时期流行的一副对联。反映了旧中国在反动势力统治下政治腐败、国无宁日、民不聊生的凄惨景象。上联讲，统治阶级内部和上层社会的丑恶：军阀混战，争权夺利，贪官污吏横行，横

征暴敛……下联讲人民大众的悲惨处境:青壮年被驱上战场,许多家庭流离失所,妻离子散,家破人亡。

上下联各用了14对叠字,一气呵成。南南北北、处处刻画地域的广泛性;文文武武显示参与斗争派系力量的复杂性;时时体现了时间的连续性和长久性;杀杀砍砍道出战争的残酷性;搜搜刮刮、干干净净讲掠夺的严重性;户户家家、女女男男、孤孤寡寡说涉及的全面性;惊惊慌慌、哭哭啼啼讲危害的惨烈性。

联语以28对叠字连用,增强了表达效果。用白描手法,生动形象地描述了动乱年代军阀混战、民不聊生的悲惨景象。构思新颖,不落俗套,生动形象,很有艺术感染力。

3. 收二川,排八阵,六出七擒,五丈原前点四十九盏
   明灯,一心只为酬三顾;
   取西蜀,定南蛮,东和北拒,中军帐里变金木土革
   爻卦,水面偏能用火攻。

这是一副概括诸葛亮一生的数字联。上联嵌一至十;下联以西南东北中五方和金木土水火五行相对。以浓缩的语言高度概括了三国时的政治家、军事家诸葛亮的戎马一生。收二川、取西蜀:诸葛亮辅佐刘备收取东川(汉中)、西川(益州),成就蜀汉霸业。排八阵,陆逊火烧蜀军连营七百里,诸葛亮为救刘备在入川路上布设八阵图。六出七擒、定南蛮:六出祁山攻魏,七擒孟获,稳定西南少数民族。诸葛亮出兵伐魏,驻兵屯田于五丈原,病亡于此。他弥留之际,为了稳定军心,嘱三军密不发丧。"自帐中设香花祭物,地上分布七盏大灯,外布四十九盏水灯,内按本命灯一盏。"向北斗续命。因魏延闯帐把本命灯扑灭。东和北拒:东和孙吴,北拒曹操。爻卦:古代的占卜符号。爻,组成八卦的长短横道,"一"为阳爻,

"一"为阴爻。水面火攻:在长江水面,借东风,用苦肉计,火烧赤壁曹操大军。他所做的这一切,都是为了酬谢刘备三顾茅庐之恩。

此联构思精巧,贴切恰当,顺畅自然。

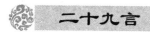

二十九言

1.一支笔挺立江汉间,至最上层放开肚皮,
　直吞将八百里洞庭,九百里云梦;
　千年事幻在沧桑里,是真才人自有眼界,
　哪管他去早了黄鹤,来迟了青莲。

作者陈德庆,字宝裕,清湖北孝感人。(见吴恭亨《对联话》)又说是陈宝裕,字兆庆,云南通海人,清光绪三年(1877)进士。此为题武汉黄鹤楼联。

黄鹤楼在武汉长江南岸蛇山黄鹤矶上。建于三国时。屡毁屡建。

此联起句以笔喻楼,既形象地描绘出楼的外形,又影射出该楼与崔颢、李白等诗人结下的文字之缘。"挺立""直吞"绘出了楼的非凡气势。江汉,长江和汉水,此指湘鄂一带。云梦,云梦泽,这里指云梦泽地区。上联写楼所处的位置和登上最高层的所见所想。站在最高层,横观地理,应有囊括八百里洞庭、九百里云梦的胸怀。下联,去早了黄鹤:据《寰宇记》载,昔费文祎登仙,每乘黄鹤于此憩驾,故号为黄鹤楼。崔颢《黄鹤楼》诗有"昔人已乘黄鹤去,此地空余黄鹤楼"之句。来迟了青莲:李白,号青莲居士。传说,他登上黄鹤楼本想赋诗,因见崔诗,叹道:"眼前有景道不得,崔颢题诗在上头",遂搁笔。下联,纵览变幻的历史沧桑,如果是真有才华,自然会有开阔的眼界,不必在乎早迟。没有才华,迟早都枉然。

上联从空间上写黄鹤楼,气势宏大;下联从时间上写游者自己要有真才、眼界。比喻形象,气势磅礴,可见作者开阔的胸怀和远大的目光。

2. 小民疾苦,慨频年迫我饥寒,赋税肆诛求,
  无非剜肉医疮,误国拼教全鹿失;
  大陆沉沦,问此日凭谁补救?君臣酣醉梦,
  安得发聋振聩,惊魂顿唤睡狮醒。

"丽则吟社"清光绪二年成立于上海,并创办《国魂报》。社员俞少康以"国、魂"为题征嵌字联。此为"桂香室主"应征联。

肆,放纵,此指肆意搜刮财富。诛求,勒索。剜肉医疮,唐聂夷中《咏田家》:"二月卖新丝,五月铁新谷。医得眼前疮,剜却心头肉。"此指只顾眼前大力搜刮民财,不顾严重后果。鹿:指所要猎获的对象,常用以比喻政权。《汉书·蒯通传》:"秦失其鹿,天下共逐之。"《晋书·石勒载记》:"脱遇光武(刘秀),当并驱于中原,未知鹿死谁手。"振聋发聩:发出很大声音,使耳聋人也能听见。比喻大声疾呼,唤醒糊涂的人。"睡狮",拿破仑曾说,中国是东方睡狮。这里比喻未觉醒的中国人民。

上联说,平民百姓疾苦。慨叹年年被统治者剥削得饥寒交迫,肆意勒索税赋,有如剜肉医疮,这样误国就会使整个国家彻底灭亡。下联,中国大陆已沦为殖民地半殖民地,试问现在凭什么来补救呢?皇帝和大官都醉生梦死。怎么才能大声疾呼,唤醒全国人民觉悟呢!

悲愤沉痛的联语,表达了作者深切的爱国热情。热望国人奋起反抗外国侵略和本国统治者的压迫,觉醒自强,强国富民。

三十言

1. 见州县则吐气,见藩臬则低眉,见督抚大人
   茶话须史,只解得说几个是、是、是;
   有差役为爪牙,有书吏为羽翼,有地方绅董
   袖金赠贿,不觉的笑一声呵、呵、呵。

陈方镛《楹联新话·胜迹》:"南通张君峰石有戏赠府县两联,迄今犹熟在人口。赠知府联云……"《对联入门》称作者为苏子珍。

此联是讽刺知府大人一类人的对联。知府:明、清两代一府的行政长官,管辖州、县,而又被藩台、臬台、总督和巡抚所管辖。

州县:是地方行政区划名,归府管辖。这里指州、县的行政长官,即知县、知州,是主持一县、一州的长官。吐气:吐出胸中郁闷之气。形容久困后得志状。如,扬眉吐气。此指趾高气扬,盛气凌人。藩:此指藩司,布政使。藩台,布政使的别称,为省最高行政长官。臬:指臬司,即按察使。臬台,按察使的别称,实为各州刺史的上级。低眉:低头。此指卑躬屈膝、低三下四的样子。督:总督,总管一至三省。抚:巡抚,一省最高行政长官。

联语生动地描绘了知府和封建社会的官僚们势利眼的丑态。上联写知府对下属趾高气扬,做老爷;对上司却低头哈腰、争宠献媚的卑鄙嘴脸。下联则揭示他们飞扬跋扈的原因。这些贪官污吏豢养了一批爪牙羽翼,并勾结地方绅董,贪赃枉法,无恶不作;搜刮盘剥,鱼肉人民。

此联语言生动,刻画人物惟妙惟肖。上联把知府时而耀武扬威之状、时而趋炎附势之态,描绘得淋漓尽致。下联把知府得到好

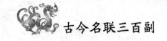

处时的窃喜和不满足的贪婪神态,表现得栩栩如生。全联蕴含着人民群众对贪官们的鄙视。

2. 自卫乃天赋人权,三万众慷慨登陴,有断头将军,
   无降将军,石烂海枯犹此志;
   相约以血洒国耻,四十日见危授命,我率君等出,
   不率其入,椒浆桂酒有余哀。

蒋光鼐(1888—1967)字憬然,广东东莞人。保定军官学校毕业。曾任国民党第十九路军总指挥,淞沪警备司令。1932年1月28日夜,日本侵略者进攻上海,十九路军与上海人民奋起抗战,他为最高指挥官。1933年11月,发动反蒋政变,在福建成立"中华共和国人民革命政府",失败后去香港,进行抗日反蒋活动。新中国成立后,曾任纺织工业部部长。

此联是为悼念"一·二八"淞沪抗战阵亡将士而作的挽联。

陴(pí),城墙上的矮墙。张巡诗《守睢阳》:"裹疮犹出阵,饮血更登陴。"有断头将军,无降将军。三国蜀将严颜云:"蜀中只有断头将军,无投降将军。"上联讲,自卫反抗日本帝国主义者的侵略,是天经地义的事。三万军民慷慨激昂,英勇抵抗,将士们宁死不屈,即使海枯石烂,也矢志不渝,坚决抗战到底。

洒(jiān),洗刷,溅。率军等出,不率其入:春秋时,秦蹇叔哭师,言出师必败曰:"吾见师之出,而不见其入。"下联讲,将士们相约誓死也要血洗国耻。见到国家危难,而授命血战40天,许多将士光荣牺牲。以好的酒浆祭奠他们,以表不尽的悲哀。

此联慷慨激昂,深情悲愤地表达了淞沪抗战将士们舍生取义、为国捐躯的伟大的爱国主义精神,悲壮感人。

三十一言

讽慈禧太后联

今日到南苑，明日到北海，何时再到古长安？

叹黎民膏血全枯，只为一人歌庆有；

五十割琉球，六十割台湾，而后又割东三省。

痛赤县邦圻益蹙，每逢万寿祝疆无。

　　章炳麟(1869—1936)字枚叔，号太炎，浙江余杭人。近代民主革命家、思想家。因参加维新运动被通缉，流亡日本。1902年在日本发起"支那亡国二百四十二周年纪念会"，号召留日学生奋起推翻清政府。1903年因发表《驳康有为论革命书》和替邹容《革命军》作序，触怒清廷，被捕入狱。1904年蔡元培等与他发起成立光复会。1906年参加同盟会并主编《民报》。1917年任护法军政府秘书长。1924年脱离国民党，在苏州讲学为业。有《訄书》《章氏丛书》。

　　此联是讽刺慈禧太后联。慈禧太后(1835—1908)，清咸丰帝妃。满族，叶赫那拉氏。1861年咸丰帝死，其6岁子载淳即位，被尊为太后。她与恭亲王奕訢定计杀死3个摄政大臣，实行垂帘听政。是同治、光绪两朝实际统治者。对内联合外国侵略者镇压太平天国和各地少数民族起义；对外投降卖国，签订一系列丧权辱国的卖国条约。"宁赠友邦，不予家奴"；"量中华之物力，结与国之欢心"。西太后实乃千古罪人，必遗臭万年。

　　1904年农历十月初一，是慈禧太后70岁生日。有谄媚者献上四言联："一人有庆，万寿无疆。"章炳麟得悉，愤而撰此联。《尚书·吕刑》："一人有庆，兆民赖之，其宁惟永。"

上联尽述慈禧太后挥霍民财，不顾民穷国危，尽情游乐，民不聊生的种种事实；下联历数她卖国投降、割地求和的件件罪行。邦圻益蹙：邦圻（qí），国家边界。蹙（cù醋），紧迫，收缩。意为国界一天比一天缩小。将"一人有庆"改为"只为一人歌庆有"，"万寿无疆"化为"每逢万寿祝疆无"，由喜庆祝贺变为辛辣讽刺，组词巧妙，匠心独运。联意为，慈禧太后经常到处游乐，可叹她吸尽人民血汗，只是为一个人贪图享受；割地求和，卖国投降，痛感国土日益缩小，每到她过生日时，国家疆土就要被割去一部分。

此联是1980年有人整理训诂学家朱起凤遗稿时发现的。朱云："清末那拉氏庆祝万寿时，余杭章太炎有联斥辱国丧地之罪，笔力悍健，气势磅礴，传诵一时。上下联末句'一人有庆''万寿无疆'颠倒用之，巧不可阶。"

有称作者为《苏报》林白水，刊于《中国白话报》。文有出入：

今日幸南海，明日幸颐和，何日再幸圆明园？四百兆骨髓全枯，只剩一人何庆有；

五十失琉球，六十失台湾，七十又失东三省。五万里版图弥蹙，每逢万寿必疆无。

三十四言

1. 戏犹是梦耳！历览邯郸觉梦、蝴蝶幻梦、牡丹艳梦、南柯惊梦，百世即须臾，只是一场春梦；

   事生于情也！试看忠孝至情、儿女痴情、豪暴恣情、富贵薄情，万端观结局，不外千古人情。

这是浙江吴兴的一副戏台联。上联说戏就像是梦，百世一瞬，也只是一梦。以"历览"领起,列举戏剧中的著名四梦:明代汤显祖的《邯郸梦》、元代关汉卿的《包待制三勘蝴蝶梦》及汤显祖的《牡丹亭》(又称《还魂记》)、《南柯记》。

《邯郸记》有三种:唐代沈既济《枕中记》载,卢生在邯郸客店中昼寝入梦,历尽富贵荣华。梦醒主人炊黄粱尚未熟。也称"黄粱梦"。二是汤显祖的《邯郸记》,取材于《枕中记》,讲卢生在梦中应试行贿,得中封官,一时享尽荣华富贵。又因官场倾轧而遭贬,后又复官的故事。三是元代马致远与人合作的《邯郸道省悟黄粱梦》,与前两种略不同。关汉卿的《蝴蝶梦》说,皇亲葛彪打死王老汉,老汉三个儿子为父报仇,打死葛彪。包拯秉公断案,义释老汉三个儿子的故事。《牡丹亭》写南安太守杜宝之女杜丽娘梦中和书生柳梦梅相爱,醒后感伤致死。柳梦梅到南安养病,发现丽娘画像,深为爱慕。丽娘感而复生,二人结为夫妻的故事。《南柯记》讲,淳于梦梦到槐安国,娶了公主,当了南柯太守,享尽富贵荣华。后率兵出征战败,公主也死,又遭国王疑忌,被遣归。梦醒发现,庭前槐树下有蚁穴,即槐安国。南柯郡是槐树南枝下另一蚁穴。说明社会生活中的富贵只是百世中的一瞬,犹如一梦。

下联说,世上的事多生于情。世上只有情难述。大千世界,千头万绪,都关于人情。此联运用排比,对仗工整,是一副戏台佳联。

2.官天下自唐,家天下自夏,私天下自秦,公天下自今, 美哉天下!问几经磨折艰辛方到此?
田世界可笑,钱世界可怜,权世界可恶,利世界可恼。 这样世界,要如何芟夷铲削始能平!

欧阳缨(1891—1984)字梅林,湖南邵阳人。民国初年被武昌亚新地学社聘为主编。在社30余年,编制地图甚多。其《中国历代疆域战争分图》上起五代,下迄民国,并附以古今世界参考图,对中国五千年历史、地理搜采甚详。他多次参加周恩来主持的中国政府与邻国边界谈判及边界条约的签订。地学社与地图出版社合并后,任副总编辑。此为题官田学校联,见《近现代历史事件对联辑注》)。

1911年的辛亥革命推翻了满清王朝的统治,结束了两千多年的封建专制制度。当时在本乡官田小学任教的欧阳缨欢欣鼓舞,撰写此联。联首嵌入校名,是一首概括历史、颂扬辛亥革命的赞歌。

宋元之际的著名史学家马端临(约1254—1323)历20余年著《文献通考》,记述历代典章制度。其书把中国历史分成了三个阶段。他以公和私为重要标志,详论历史变革,认为唐虞以前是官天下,也就是公天下;夏商周三代是家天下,也就是私天下。但三代比唐虞为私,比后世还要公一些,或可以说是由公到私的过渡。到了秦灭六国后,"尺土一民皆视为己有",就私得更厉害了。上联前三句即借用了马端临的观点,纵观历史,以公和私概括总结了历经磨难的中国历史,歌颂了开辟"公天下"的辛亥革命。

下连横看世界,正视现实,痛斥现实的田地世界的可笑、金钱世界的可怜、权力世界的可恶、利益世界的可恼。期盼如何消灭这个不合理的世界,开创一个自由、平等、和谐的新世界。田是古代农业社会最重要的生产资料。芟夷(shānyí),除草,铲除或消灭。

作者用来分析历史和社会的理论是元代史学家的思想,虽似幼稚,但已敏锐地看到新世界的曙光,表达了对美好未来的向往。

三十五言

讽天主教和地方官联

什么天主教，称天父天兄，绝天伦，灭天理，光天化日闹得天昏，赶多咱天讨天诛，天才有眼；

这些地方官，似地贼地寇，挖地宝，剜地藏，胜地名区变成地狱，又搭上地租地税，地也无皮。

苗沛霖(1798—1863)字雨三，安徽凤台人。诸生。原为塾师。在寿州办团练，投靠清军，任道员。出卖英王陈玉成，被英王旧部杀死。有人说，山东某地有人写此联。

清朝后期，政府腐败无能，对外屈膝投降，对内横征暴敛。帝国主义国家的传教士在中国横行霸道，以传教之名，行侵略之实。清朝的地方官也无法无天，盘剥百姓，中饱私囊。此联酣畅淋漓地揭露了当时社会的黑暗。

赶多咱，到何时。讨，讨伐。诛，诛杀。

上下联巧用了10个"天"和10个"地"，流畅自然，毫不牵强，铿锵有力，愤怒揭露外国传教士和清朝地方官残酷剥削、压迫和欺骗人民的罪行。语言通俗易懂，一气呵成，生动活泼，趣味盎然，反映重大社会问题。

宋代洪咨夔《狐鼠》：

狐鼠擅一窟，虎蛇行九逵。不论天有眼，但管地无皮。

吏鹜肥如瓠，民鱼烂欲糜。交征谁敢问？空想素丝诗。

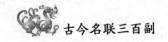

三十七言

李东阳题书斋联

沧海日，赤城霞，峨嵋雪，巫山云，洞庭月，彭蠡烟，
潇湘雨，广陵潮，匡庐瀑布，合宇宙奇观绘吾斋壁；
青莲诗，摩诘画，右军书，左氏传，南华经，马迁史，
薛涛笺，相如赋，屈子离骚，收古今绝艺置我山窗。

李东阳（1447—1516）字宾之，号西涯，湖南茶陵人。明代诗人、书法家。天顺进士，官至吏部尚书、华盖殿大学士。有《怀麓堂集》。刘太品《从对联文体到清言小品》说：陆绍珩《醉古堂剑扫》（1624）中有此联。（见《对联文化研究》2009-02）

沧海，大海，也特指东海。赤城，赤城山，浙江天台山南。因土色皆赤，望之如城墙而得名。峨嵋：峨眉山，在四川省，有山峰相对如娥眉，故称。巫峡，长江三峡之一。彭蠡，江西的鄱阳湖。潇湘，湘江的别称。武夷，武夷山，在江西和福建边境。少陵，杜甫，自称少陵野老。摩诘，王维，字摩诘。左传文：左丘明《左传》。马迁史：司马迁《史记》。薛涛笺：薛涛，唐女诗人。居成都浣花溪，自制深红小笺，人称"薛涛笺"。右军：王羲之（321—379）官至右军将军，世称王右军。书法艺术卓有成就，有"书圣"之称。《南华经》，即《庄子》。相如，司马相如（前179—前117）字长卿，汉著名辞赋家。屈子（前340—前278）名平，字原，楚国人。我国著名的爱国诗人，有作品《离骚》《九歌》《九章》等。

上联遍举神州各地各有特色的著名自然景观，欲合绘于我

斋壁;下联历数中华文艺瑰宝,欲尽收于我的山窗。运用列举法构思,先分后总。"扫千里于咫尺,集万代于笔端"。可见作者之眼界。

邓石如(1743—1805)将此联改数字题安徽怀宁"碧山书屋"。

1980年职工书画篆刻联展,苏州费之雄将此联翻新而获奖:

泰岱日,洞庭月,黄山松,西湖堤,漓江水,南海潮,黄果瀑,故宫殿,昆仑雪,珠穆峰,江南园林,北国长城,阿里林涛,天堑三峡,点神州锦绣江山,增吾胸中丘壑;

诸子文,屈原骚,相如赋,司马史,右军帖,道玄画,李杜诗,苏辛词,汉卿曲,雪芹梦,龙门石窟,秦汉古墓,敦煌彩壁,雄文五卷,数中华灿烂文化,壮我笔底波澜。

三十八言

北京圆明园戏台联

尧舜生,汤武净,五霸七雄丑末耳!伊尹、太公便算一只耍手;其余拜相封侯,不过摇旗呐喊称奴婢;

四书白,六经引,诸子百家杂说也!杜甫、李白会唱几句乱弹;此外咬文嚼字,大都沿街乞讨闹莲花。

作者传为纪昀(1724—1805),字晓岚,直隶献县(今属河北)人。乾隆进士,官至礼部尚书、协办大学士。曾任《四库全书》馆总纂官。有《阅微草堂笔记》等。有传为乾隆帝弘历所撰,见《南亭四话》卷七。

此联有说是北京圆明园戏台联,有说是紫禁城戏台联。

上联，生、净、丑、末都是古代戏剧中男演员的角色。尧舜：传说为父系氏族社会部落领袖。史称唐尧、虞舜。尧死后，舜即位。尧舜，为传说中的古代贤明的帝王。汤武：汤，又称成汤，商朝的建立者。原为商族领袖，任用伊尹执政，积聚力量，经11次出征，灭夏建商。武，周武王，西周王朝的建立者。姓姬，名发。继承其父文王遗志，联合各部族，率军东征。牧野之战大胜灭商，建立西周。五霸：春秋时，齐桓公、晋文公、楚庄公、吴王阖闾、越王勾践，五王称霸。七雄：战国时，齐、楚、燕、韩、赵、魏、秦7个强国。伊尹太公：伊尹，商初大臣。名伊，尹是官名。奴隶出身。太公即吕尚，姜子牙。传说80岁在渭水钓鱼，为文王访得，拜为丞相。辅佐周武王灭商。耍手，表演杂技、变戏法的好手。

上联把历史舞台上的帝王等风云人物统统看作戏剧舞台上的生、净、丑、末，只不过角色不同而已。次一等的伊尹、太公只能算作杂耍好手。至于那些拜相封侯的，只能充当配角，跑龙套，做摇旗呐喊的小喽啰，甘当奴婢，连丑、末也当不上。古代演员社会地位很低，是被人们看不起的"下九流"，俗称"戏子"。可见，作者是如何藐视古代帝王将相的。孟子曰："民为贵，社稷次之，君为轻。"《西游记》悟空云："皇帝轮流做，明年到我家。"毛泽东《沁园春·长沙》："粪土当年万户侯。"

舞台小天地，天地大舞台。看破世情都是戏。戏剧是综合的表演艺术。它把历史或现实生活浓缩到一两个小时的十几平方米的舞台上，成为反映社会生活的小天地。而现实生活广阔空间就像是一个巨大舞台，历史的或现实中形形色色的人物，都进行充分表演。

下联，四书白：《大学》《中庸》《论语》《孟子》四种儒家经典。白，戏剧中的说白（一人自说为白，两人对说为宾）。六经引：《诗经》《尚书》《周易》《礼记》《春秋》《乐经》）。引，序、引子。诸子百家杂说：诸子百家，先秦至汉初各个学派的总称。诸子指各学派的代表人物。如老子、孔子、孟子，墨子、庄子、韩非子。也指他们的代表作。百家指各学派，分儒、道、阴阳、法、名、墨、纵横、杂、农、小说等十余家。杂说，各种各样的论说，正统学说以外的各种学说。有的版本联语为"科诨"，即插科、打诨。戏剧中要笑、逗乐称作"科诨"。乱弹：戏剧名词。有多种说法。一般指正统剧之外的各种戏剧腔调的统称。闹莲花：曲艺的一种，用竹板打节拍。每段常以"莲花落，落莲花"做衬腔或尾声。多为乞丐行乞时演唱。

下联把奉为儒家经典的"四书"当作戏曲中的说白，而儒家经典的"六经"也不过像一般的序言或引子罢了。诸子百家也只不过是杂说而已。至于诗仙李白、诗圣杜甫的诗篇也被贬为"几句乱弹"。其他人更不在话下，大都如沿街乞讨，唱着"闹莲花"的乞丐一样。

此联戏曲名词和历史典故较多。了解这些才能更好地欣赏此联的精妙。宋武帝刘裕赞叹谢庄《月赋》云："此作可谓前不见古人，后不见来者。"陈亮《甲辰与朱元晦书》："推倒一世之智勇，开拓万古之心胸"者，可有此联之气魄？

联语以戏台借题发挥，极力讽刺历代帝王将相、神圣经典、优秀诗作。气魄之大，绝无仅有，无与伦比。作者看透了历史上形形色色的人物。居高临下，目空今古！断非凡手所为。

《清稗类钞》：尤侗（1618—1704，江苏吴县人）戏台联云：
世界小梨园，率帝王师相为傀儡，二十四史演成一部传奇；
佛门大养济，收鳏寡孤独为僧尼，亿万千人遍受十方供给。

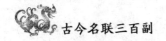

三十九言

雪中送炭与锦上添花联

回忆去岁饥荒,五六七月间,柴米尽焦枯,贫无一寸铁,
赊不得,欠不得,虽有近戚远亲,谁肯雪中送炭?
侥幸今年科举,头二三场内,文章皆合式,中了五经魁,
名也香,姓也香,不拘张三李四,都来锦上添花。

此联见李宝嘉《南亭联话》卷三。描述在科举时代举子考中前后所遇人间冷暖、世态炎凉的两种局面。上联写未中举前,家境贫寒,正需周济,却没有亲友靠前。下联写中榜成名后,不愁利禄,都来献媚。五经魁:五经即《诗经》《尚书》《周易》《礼记》《春秋》。魁,明代科举以五经取士,第一名为经魁。五经之魁为五经魁。

"穷在闹市无人问,富居深山有远亲。"此联运用对比手法,生动地描述出少有雪中送炭者、多为趋炎附势者的社会普遍存在的现实。运用成语恰到好处,语言通俗易懂,感情凄楚,话题沉重。

据传吕蒙正(944—1011),太平兴国进士,三度任宰相,有联云:

旧岁饥荒,柴米无依靠;走出十字街头,赊不得,借不得,
许多外戚内亲,袖手旁观,谁肯雪中送炭;
今科侥幸,衣禄有指望;夺得五经魁首,姓也扬,名也扬,
不论张三李四,捶门庆贺,尽来锦上添花。

四十三言

湖南湘乡城关镇石碑寺联

坐守龙城数百载,军阀官僚杀人遍地;地主恶霸抽筋剥皮,未曾闻发一言、救一命,说什么普度众生,慈悲为本?

塑就金身三丈余,晨钟暮鼓响声震天;明烛茗香腾烟起雾,不消把账来算、底来盘,该知道礼敬菩萨,浪费太多。

湖南湘乡城关镇石碑寺又称云门寺,内有巨型木雕千手观音像。

佛教讲,自能普度众生。千眼表示遍观人世,千手表示遍护人生。正因如此,云门寺观音殿内香火旺盛。前来烧香拜佛、祈祷菩萨保佑的迷信者络绎不绝。可是,数百年来不见灵效。怎么能说菩萨"普度众生,慈悲为本"呢?上联,既以数百年的事实证明了菩萨的不可信,又借题发挥,淋漓尽致地揭发了反动统治阶级的滔天罪行。下联讲,菩萨塑造了高大的金身,从早到晚,拜祭者响声震天,香火不断,不妨算一算总账,不该再糊里糊涂地浪费许多钱财了! 劝解人们不要盲目迷信,浪费钱财。

此联有力地揭发了宗教及鬼神的欺骗性和反动统治阶级的罪恶。通俗易懂,有说服力。是一副破除迷信的好联。

五十一言

窦垿题湖南岳阳楼联

一楼何奇？杜少陵五言绝唱，范希文两字关情，滕子京百废俱兴，吕纯阳三过必醉，诗也？儒也？吏也？仙也？前不见古人，使我怆然涕下；

诸君试看：洞庭湖南极潇湘，扬子江北通巫峡，巴陵山西来爽气，岳州城东到崖疆。潴者，流者，峙者，镇者。此中有真意，问谁领会得来？

窦垿（1804—1865）字子州，号兰泉，云南罗平人。道光九年进士，授吏部主事、员外郎、江东监察御史、贵州知府。

此联为所题岳阳楼联。岳阳楼在洞庭湖北岸，岳阳市西门城楼上。与黄鹤楼、滕王阁并称江南三大名楼。相传为三国鲁肃的阅兵台。杜甫《登岳阳楼》："昔闻洞庭水，今上岳阳楼……"庆历四年春，滕子京谪守巴陵郡。越明年，重修岳阳楼，嘱范仲淹作《岳阳楼记》。

上联历数岳阳楼的历史掌故，以彰显楼之奇处，及其所感。杜甫到此作五律《登岳阳楼》；范仲淹作《岳阳楼记》，抒发了"先天下之忧而忧，后天下之乐而乐"的忧乐之情；滕子京重修岳阳楼。唐吕洞宾，号纯阳子，相传得道成"八仙"之一。诗作有"三醉岳阳人不识，朗吟飞过洞庭湖"之句。诗，指杜甫。儒，指范仲淹。吏，指滕子京。仙，指吕洞宾。四字概述四人身份。是讲：诸位前贤都在哪里呢？从而，发出慨叹。唐孟棨《本事诗·嘲戏》：宋武帝尝吟谢庄《月赋》赞叹曰："此作，可谓前不见古人，后不见来者。"后又有陈子昂《登幽州台歌》："前不见古人，后不见来者……"

下联写诸君试看，站在岳阳楼上所见和联想四周之景物，及其所感。"南极潇湘"，"北通巫峡"，《岳阳楼记》中有此句子。长江在扬州以下段称扬子江。崖疆：险要形胜之地。渚(zhū)，水聚处，指洞庭湖。流，河流，指扬子江。峙(zhì)，耸立的山，指巴陵山。镇，镇守，此指岳阳城。下联用四字概述了四地的形貌和作用。末句点出山水中蕴含的真意。可惜，不知谁能领会得了。

此联运用了排比、铺陈等修辞方法，上联写历史人物，下联写此处地理。内容丰富，对仗工整，一气呵成，慷慨激昂。

一百八十言

孙髯题昆明大观楼长联

五百里滇池，奔来眼底。披襟岸帻，喜茫茫空阔无边！看东骧神骏，西翥灵仪，北走蜿蜒，南翔缟素。高人韵士，何妨选胜登临。趁蟹屿螺洲，梳裹就风鬟雾鬓；更萍天苇地，点缀些翠羽丹霞。莫辜负四围香稻，万顷晴沙，九夏芙蓉，三春杨柳。

数千年往事，注到心头。把酒凌虚，叹滚滚英雄谁在？想汉习楼船，唐标铁柱，宋挥玉斧，元跨革囊。伟绩丰功，费尽移山心力。尽珠帘画栋，卷不及暮雨朝云；便断碣废碑，都付与苍烟落照。只赢得几杵疏钟，半江渔火，两行秋雁，一枕清霜。

孙髯(1685—1774)字髯翁，号颐庵，云南昆明人，祖籍陕西三原。因其父以武职官云南，于是家迁昆明。他应童子试，因考官下令搜考生身，髯以为"以盗贼待士"，不甘受辱，愤然而去。终身布衣,以卜卦、卖药为生。有《髯翁集》《永言堂诗文集》《滇南诗略》。

这是孙髯题昆明大观楼的180字长联。原联由陆树堂以行草镌刻悬于楼前。今联为赵藩书以工笔楷书。被誉为"古今第一长联","海内长联第一佳者"。

大观楼在昆明市大观公园,西南临滇池。1682年湖北僧人乾印建观音寺。康熙二十九年在寺址建楼,题名"大观楼"。咸丰年间毁于兵火,同治八年重建。1913年辟为公园。

上联描述昆明滇池周围远近和四时景物。开头就极有气势。作者站在大观楼上远眺,见五百里滇池及周围空阔无边时的豪放。进而以东骧、西翥、北走、南翔四方和四个动词写出周围富有动感的山景。东骧神骏,东面的金马山像昂首奔驰的神马;西翥灵仪,西面的碧鸡山像振翅高飞的金凤;北走蜿蜒,北面的蛇山如弯弯曲曲、起伏爬行的巨蛇;南翔缟素,东南的白鹤山像白鹤一样翱翔。如此美景,人杰诗客,不妨登临览胜,观赏一番。

接着写滇池近处之景。蟹屿螺洲,指滇池中形状如蟹似螺的小岛。风鬟雾鬓,宋代周邦彦《减字木兰花》:"风鬟雾鬓,便觉蓬莱三岛近。山明水秀,缥缈仙姿画不成。"以女子如风似雾的秀发,比喻滇池中洲渚上的绿树柳丝。萍天苇地,指滇池沿岸遍布繁茂的浮萍和芦苇,一望无际。翠羽丹霞:翠羽,鸟的翠绿的羽毛,此处代指羽毛美丽的各种鸟。最后,进一步描述滇池周围之景:漫无边际的稻田,阳光照耀下的沙滩,夏季盛开的荷花,春天的白杨垂柳。

下联写云南数千年的历史。开篇就给人一种沧桑之感:站在高耸的大观楼上如在空中,油然想起数千年往事。不仅举杯兴叹:滚滚英雄谁在?滚滚:大水奔流貌。杜甫《登高》:"无边落木萧萧下,不尽长江滚滚来!"辛弃疾《南乡子》:"千古兴亡多少事,悠悠,不尽长江滚滚流。"此指连续不断出现。

紧接着列举了汉、唐、宋、元各朝有关云南的史实。汉习楼船：为了打通去西域和印度的通道，消除匈奴等的阻隔，汉武帝在长安凿昆明池(象征滇池)，治楼船操练水军，以习水战。唐标铁柱：唐中宗时，御史唐九征平吐蕃、姚州之乱，收复滇，并在大理东的祥云建铁柱以记功。宋挥玉斧：宋初，节度使王全斌平定四川，献地图于朝廷，欲取云南。宋太祖持玉斧(文房用具)画大渡河为界说："外此非吾有也。"元跨革囊：《元史·宪宗本纪》中忽必烈征大理，过大渡河，至金沙江，乘革囊及筏以渡。1253年忽必烈入大理国。次年又东入鄯阐(昆明)，统一云南全境。珠帘画栋：化用王勃《滕王阁》诗"画栋朝飞南浦云，珠帘暮卷西山雨"。意为，伟绩丰功的英雄们，像画栋前的朝云、珠帘外的暮雨一样，很快就烟消云散了。断碣残碑：是说那些勒石记功的石碑已残断破败，弃置于迷烟落日的照映之下，无人过问。数千年往事，至今只剩稀疏的几下钟声、江上的渔火、天空的秋雁、梦后的清凉寒霜，或许还如往昔。

联语前绘地理景物，后述历史人文。立意高远，思路清晰；意境深邃，感情跌宕。寓情于景，情景交融。气势豪迈，流畅自然。手法上多用排比、铺张和本句自对。语言典雅，句式参差，错落有致；行文对仗工整，平仄节奏鲜明；辞藻丰富而不堆砌，读来琅琅上口，令人回味无穷。实为长联第一佳构，联中绝唱，无与伦比。此等好联多有仿作。

据传云南总督阮元对孙髯长联做了篡改。所改之联比之原联，大相径庭，诗味索然。于是，当时有人赋打油诗讽刺阮元(字芸台)："软烟袋(阮芸台)不通，萝卜韭菜葱。擅改古人对，笑煞孙髯翁。"(见《滇中琐记》)

《楹联丛话·胜迹》："胜地壮观，必有长联始称，然不过二三十字而止。惟云南省城附郭大观楼，一楹帖多至一百七十余言，传颂海内。虽一纵一横，其气足以举之，究未免冗长之讥也。句云……

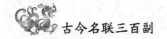
然用替字,反嫌妆点。且以缟素为鹤,亦似未安。"

梁绍壬《两般秋雨盦随笔》卷四所载与《楹联丛话》不同:

五百里滇池,奔来眼底。披巾岸帻,喜茫茫空阔无边。看东骧金马,西翥碧鸡,北走长蛇,南盘舞鹤,骚人韵事,何妨选胜登临,趁蟹屿螺洲,梳裹就风鬟雾鬓;更蘋天苇地,点缀些翠羽丹霞,莫辜负四围香稻,万顷晴沙,九夏芙蓉,三春杨柳;

数千年往事,注到心头。把酒临风,叹滚滚英雄谁在!想汉习楼船,唐标铁柱,宋挥玉斧,元跨革囊,伟绩丰功,费煞移山气力。尽珠帘画栋,卷不尽暮雨朝云,便断碣残碑,都付与苍烟落照。只赢得几杵霜钟,半江渔火,两行秋雁,一叶扁舟。

二百一十二言

钟云舫题成都崇丽阁长联

几层楼独撑东面峰,统近水遥山,供张画谱:聚葱岭雪,散白河烟,烘丹景霞,染青衣雾。时而诗人吊古,时而猛士筹边。最可怜花蕊飘零,早埋了春闺宝镜;枇杷寂寞,空留着绿野香坟。对此茫茫百感交集。笑憨蝴蝶,总贪迷醉梦乡中。试从绝顶高呼:问、问、问,这半江月属谁家物?

千年事屡换西川局,尽鸿篇巨制,装演英雄:跃岗上龙,殒坡前凤,卧关下虎,鸣井底蛙。忽然铁马金戈,忽然银笙玉笛。倒不若长歌短赋,抛撒些幽恨闲愁;曲槛回廊,消受得清风好雨。嗟予蠢蠢四海无归,跳死猢狲,终落在乾坤套里。且向危楼俯首:看、看、看,哪一块云是我的天?

钟祖棻(1847—1911)字云舫,四川江津人。早年中秀才,在江津县城设馆授徒,历20余年。他遍览经史百家之书,工诗文词曲,尤擅对联。一生刚直不阿,疾恶如仇。清光绪年间,江津县令朱某糊涂又贪婪。他撰联予以嘲讽,传遍城乡。县令对他恨之入骨,欲加迫害,他被迫远走成都避祸。1903年3月,江津县令武某构陷他和举人张太阶,将二人解押到成都质讯,拘禁于待质所两年。1904年春,在狱中创作《拟题江津县城楼联》。该联1612个字,为古代第一长联。后有总督何锡良知其有冤,喜其文才,为其辩冤,他才恢复自由。辑有诗文联集《振振堂集》八卷。

此为钟祖棻题成都崇丽阁长联。崇丽阁又称望江楼,在成都市东锦江南岸,今望江楼公园内。阁名取晋代左思《蜀都赋》中"既崇且丽,实号成都"句意而命名。是成都的标志性建筑物。

上联先总览崇丽阁周围的山水景物,接着展开想象,进行具体描绘:葱岭积聚的白雪,白河弥漫的轻烟,丹景山烘托着彩霞,青衣江上渲染着薄雾,组成了一幅淡雅的水彩画。崇丽阁就是这幅画的中心。它独撑着锦城东部的山峰,统领着近水遥山,景物像画谱一样呈现在登临者眼前。因此,引发出作者怀古之情。从前来此游览的有吊古的诗人,有守边的猛士。而那可怜的花蕊夫人,早已香消玉殒。当初喧闹的薛涛所住的枇杷门巷,现在已冷寂无声,只留有荒草掩盖下的薛涛之墓。面对这过去的一切,令人茫然,感慨万千。憨蝴蝶,《庄子·齐物论》:"昔者庄周梦为蝴蝶,栩栩然蝴蝶也。自喻适志与,不知周也。俄然觉,则蘧蘧然周与,不知周之梦为蝴蝶与,蝴蝶为周与?周与蝴蝶必有分矣。此之谓'物化'。"(物我界限消失,万物融化为一)这里指人生如人与蝴蝶在梦中的幻化。可笑像憨蝴蝶一样的人们,总是贪恋迷醉于梦想之中。假如尝试着从最高处大喊,请问:这江中的明月是属于谁家之物呢?明月是属于大自然的。功名利禄终将成为过去,不要一味沉醉于无

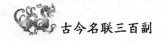

厌的贪求。

下联：千余年的四川政局频繁变幻，篇幅巨万的史书装扮和演义着历史上出现的英雄：活跃在三国时期、出自卧龙岗的诸葛亮；在军前中箭而死于落凤坡，被人称为"凤雏"的庞统，相传他死于四川德阳落凤坡。关下虎，说法不一。有说"卧虎当关"的李崇，又有说是在白水关击张鲁的刘备。井底蛙，指公孙述。新莽时，为蜀郡太守。起兵，据益州称帝。后为汉军所获，被杀。《后汉书·马援传》："子阳井底蛙耳。"子阳是公孙述的字。井底蛙，《庄子·秋水》有言，喻见识狭隘、目光短浅的人。铁马金戈：穿铁甲的马和金属兵器，代指战争。辛弃疾《永遇乐》："想当年、金戈铁马，气吞万里如虎。"银笙玉笛：华贵乐器，代指歌舞升平。抛撒：排遣，撒落。蹙蹙：窘迫，紧缩。"嗟予"句：感叹自己处境窘迫，四海之内，无家可归。如跳腾将死的猴子，终于落在贪官污吏设下的圈套里（受到陷害）。末句：站在高楼之上，低头俯视。看这广阔高旷的云天，竟无我的侧身之处，为此发出抗议性的呼喊。

联语紧切眼前之景，联想历史人物，联系自己的遭遇，高视阔步，痛快淋漓地倾吐了自己的满腔怨愤。手法上多用排比、当句自对；语言上炼字遣词准确生动。用典贴切，内容丰富，无堆砌之感。也有孙髯昆明大观楼联的影响。孙联立意高远，思路清晰，气势磅礴；钟联多个人怨叹。

附　录

一．主要参考书目

1．梁章钜编选:《楹联丛话续话》,清道光二十年版。

2．朱应镐编选:《楹联新话》,清光绪十年版。

3．胡君复编:《古今联语汇选》,西苑出版社2002年版。

4．吴恭亨撰、喻岳衡校:《对联话》,岳麓书社2003年版。

5．龚联寿:《联话丛编(8册)》,江西人民出版社2000年版。

6．龚联寿编著:《中华对联大典》,复旦大学出版社1998年版。

7．赵浩如:《历代楹联选注》,上海古籍出版社1985年版。

8．常江等:《奇趣绝妙对联1001》,中国青年出版社1995年版。

9．常江等:《中华对联大观》,中国青年出版社1997年版。

10．常江等:《格言对联大观》,金盾出版社2005年版。

11．梁申威:《绝妙对联450》,山西教育出版社1996年版。

12．孟繁锦主编:《清联三百副》,蓝天出版社2009年版。

13．钟华一编:《清联》,吉林摄影出版社2000年版。

14．季世昌:《毛泽东诗词鉴赏大全》,南京出版社2004年版。

二．自撰对联68副

这些对联曾在中国楹联学会主编的《中国楹联年鉴》《中国对联作品集》等书刊中发表。

1．学校联：学如海收江河水；
教似日放天地光。横批：教学相长。

2．旅游联：脚踏山川游世界；肩担日月走神州。

3．格言联：博览群书方提笔；游遍众岳再评山。

4．格言联：有心才能做大事；无志谁曾成英雄。

5．读史有感：帝王将相岂有种；天地日月属谁家？

6．题北京什刹海：未见大洋潭为海；不游众岳丘是峰。

7．偶　感：官场真为民者少；民间想赚钱的多。

8．题居室：阅尽人间春色；读遍天下奇书。

9．反腐倡廉联：官到无权乃是正；人能去私即无邪。

10．俗语对：瘦死的骆驼大于马；落魄的凤凰不如鸡。

11．感　悟：舍半生之力找回自己；拼万死之躯服务他人。

12．题卧佛寺闭目卧佛：怎么闭眼不睁？人间甚苦，你岂忍看？
为何常卧未起？世上太忙，我独能闲。

13．题嫦娥一号：梦想飞天，飞天已不是梦想；
嫦娥奔月，奔月赴约访嫦娥。

14．感时：影星歌星体育明星，星星无光成大款；
工人农人科技伟人，个个有才做小工。

15．题蜜蜂与蚕：蜂采花粉酿蜜，送天下甘甜不尽；
蚕吃桑叶吐丝，济人间温暖到亡。

16．题黄果树瀑布：银河飞落，虎啸龙吟九霄外；
碧波荡漾，树舞花笑一潭中。

17. 谈天说地:游遍四海可评水;攀过五岳才论山。

18. 纪念孙中山诞辰140周年、毛泽东逝世30周年:

　　孙中山一笔勾尽帝制史,古今伟男子;

　　毛泽东两拳打翻三座山,世代魁梧人。

19. 读　史:军阀混战,蒋介石结党营私成一统,失人心,

　　　　　败走台湾省;

　　　　　星火燎原,毛泽东集腋成裘整九州,合民意,

　　　　　创建新中国。

20. 题古代皇宫:武将刽子手;文臣马屁精。横批:助纣为虐。

21. 猫与网:猫避官仓鼠;网落吞舟鱼。

22. 牡丹江威虎山影视城·延寿宝殿联:

　　一心学道,道无穷,穷中有乐,做几件正直事,身安人喜;

　　万事随缘,缘有分,分外莫求,存一些好念头,鬼服神钦。

23. 感　时:世上真读书者少;民间想赚钱的多。

24. 鞋帽店联:穿新鞋,走正路,步步登高;

　　　　　　戴桂冠,看前方,头头是道。

25. 集俗语对:人逢喜事精神爽;事遇时运成功多。

26. 偶　感:盲人国度,独眼是将军;无虎山林,猴子称大王。

27. 鼠年到牛年春联:赶走官仓鼠;迎来孺子牛。

28. 题市场:货币是价值尺度;良心是道德秤盘。

29. 感　时:市场、官场、情场,岂是战场?

　　　　　亲情、爱情、友情,贵在真情。

30. 座右铭:对上级,对下级,与人为善;

　　　　　在顺境,在逆境,自强不息。

31. 析字联:止戈为武,兵者诡道,不战屈人之兵为上;

　　　　　人言为信,诚者正行,求实有果之作则圣。

32. 塞北与江南:塞北刚落一场雪;江南又开二度花。

33. 集　　句:有钱能使鬼推磨;无病就是天赐福。

34. 诗言志:胸有块垒可吐玉;人无喜怒难咏诗。

35. 鸡年转狗年春联:狗吠平安夜;鸡鸣如意春。

36. 龙年转兔年春联:玉兔回官恋人间春已满;

　　　　　　　　金龙出海惊世上奇迹多。

37. 对　　句:今世进士尽是近视;峨眉娥眉额没蛾眉。

38. 集　　联:人世难逢开口笑;天下论争干戈多。

39. 题潭柘寺弥勒佛:要做舵手指北斗;愿摆龙船渡苍生。

40. 集　　联:错误是正确的先导;失败乃成功的母亲。

41. 集　　联:多想出智慧;勤学长知识。

42. 集　　联:人民是上帝;群众真英雄。(毛泽东语)

43. 格言联:秤可平衡天下轻重;尺难度量人间短长。

44. 读《资本论》:勤劳不能致富;剥削必然发财。

45. 读天下书,通古今事,方可放笔为文;

　　去私心事,却亲友情,才能大胆做官。

46. 俗语对:挂羊头,卖狗肉;拉大旗,作虎皮。

47. 读古书与古人对话;看新闻和新秀聊天。

48. 长江九派接天地;昆仑三峰入云霄。

49. 人人争唱发财曲;户户都写致富诗。

50. 笑到未极应合口;闷极则达放开心。

51. 霍如羿射落九日;倏尔剑挥动八方。

52. 为民愿倾满腔血;与国何惜子虚头。

53. 大陆与台湾:长天有日照两岸;狭海无波连一家。

54. 题恩格斯:知己从来少;友朋不需多。横批:志同道合。

55. 对　句：金点策划,点石成金;

样装陈列,装模作样。(见2000年对联年鉴)

56. 相声和魔术：相声专门逗乐,逗得越乐越好;

魔术全心骗人,骗得愈真愈佳。

57. 对　句：鸟在笼中望孔明,想张飞,无奈关羽;

鹏于楚地张天翼,蒋南翔,有志万里。

58. 医院联：待病人如亲人,治病救人;

制好药用良药,对症下药。

59. 偶　感：民间藏高手;官场有庸才。

60. 作家人名对：田间苗得雨;路遥马识途。

61. 题北京香山：青春千树绿成海;晚秋万叶红到天。

62. 唐宋文学：唐诗李、杜、白(李白、杜甫、白居易);

宋词苏、陆、辛(苏轼、陆游、辛弃疾)。

63. 读史与习文：读史二司马(司马迁、司马光);

习文四大家(韩、柳、欧阳、苏)。

64. 读史二司马(司马迁、司马光);

小说四大家(施耐庵、罗贯中、吴承恩、曹雪芹)。

65. 地名对：龙游龙江,龙回龙海,黄龙盘锦;

凤翔凤县,凤栖凤山,丹凤朝阳。

66. 集　联：系狗当系颈;擒贼先擒王。

67. 读　史：悠悠五千年历史,三皇五帝,五霸七雄,

从秦皇到溥仪,有谁人正确评说?

茫茫九百万版图,五岳三山,四海五湖,

由黄河至长江,应人民主宰浮沉。

68. 拾　联：明者远见于未萌,智者避危于无形。(相如句)

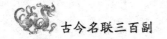

三、古诗十三首

1. 游北京顺义九道湾

风摇花影动，雨洗绿叶新。

水清疑潭浅，林静听鸟吟。

松寒不变色，花落有余馨。

我今来此游，美景慰身心。

（见浙江《新时代诗词》总第38期）

2. 北京有感

人生万事难自定，我辈半世一隅囚。

脚踏山川游世界，肩担日月走神州。

繁华竞逐开眼界，歌舞盛世是春秋。

来京观光三年余，心中自有大丰收。

3. 游北京潭柘寺

千山万树叶落尽，此寺百柘绿正浓。

弥勒肚容天下事，慈颜面对可笑容。

欲做舵手指北斗，愿摆龙船渡苍生。

无能老者空忧患，百姓冷暖常在胸。

4. 翁醉歌

酒渴思吞海，诗狂欲上天；

骑龙翱宇宙，驾凤绕日环；

九天揽玉兔，一臂挽泰山。

浩气燃胸中，拔剑歌酣然。

5.读《长歌行》

自知少壮未努力,我劝老大莫伤悲。
亡羊补牢犹未晚,年到六十仍可为。
庾信文章老更成,羲之书法晚尤粹。
黄公七十才学画,姜尚八十青春回。

6.养 花

退休在家做书虫,养花又成新内容。
花荣花衰有苦乐,喜水喜光各不同。
牡丹寒梅知冷热,春兰秋菊有本形。
我养花开大家看,常蕴春意在心中。

7.春

寒随残雪尽,春向柳梢归。
万类竞自由,暖日多光辉。

8.大学毕业送同学

去日花似雪,来时雪如花。
收获知识果,又结友谊瓜。

9.春节前寄南方朋友

江南花正艳,塞北雪花飞。
离家整三载,问君归不归?

(见《深圳诗词》总第29期)

10.写给草原歌王——羊倌石占明

自然奔放又纯真,歌声高亢入流云。
月中嫦娥下望眼,海底龙王也惊心。
悲到苍天同雨泪,乐得河水共欢吟。

203

引来百鸟空中舞,吃草群羊听出神。

草闻其歌分外绿,花遇其歌更温馨。

心中自有一团火,歌如烈酒醉人心。

(见《内蒙古诗词》总第16期)

11.访友不遇

一年四季春最好,农家五月活更忙。

繁茂菜花闹蜂蝶,寂寞桃李探出墙。

庭院无人草自绿,空梁有燕泥落黄。

访友不见逢春意,折枝回家放书房。

12.登南京阅江楼

一楼耸立狮子山,跃上台阶九百旋。

面对滚滚长江水,眼看烈烈旭日悬。

已览古城秋光好,欲见春色待来年。

社会不断向前进,更好风景在后边。

13.秋观西湖曲院风荷

2016年10月游沪宁苏杭厦门

才饮金陵新酿酒,又食太湖三白鱼。

古稀偕子游西湖,步如清风不用驴。

荷残已非花开时,水平如镜无涟漪。

游兴再加天伦乐,老夫又回少年时。

四、咏物十首

一、炸 弹

不用时,你总沉默不语,好像于事无补;
用你时,你就大吼一声,甘愿粉身碎骨。

二、伞

不用时,你就紧缩自己,几乎让人忘记;
用你时,你总敞开胸怀,不惧暴雨烈日。

三、根

总穿着朴素的外衣,埋没在大地的怀里。
吸收着泥土的营养,奉送给绿叶以生机。

奉送了花的耀眼艳丽,奉送了果的实惠名利。
一生只有默默地奉献,从不期待回报和享誉。

四、题香山红叶

三山五岳多壮景,五湖四海多波涛。
红叶岂止香山有,因邻京都身价高。

五、蜜蜂和桑蚕

蜂采花粉酿蜜,送天下甘甜不尽;
蚕吃桑叶吐丝,济人间温暖到亡。

六、鹰与鸡

鹰鸡蛋雏近相同,一想高飞一想虫。
待到二者长大后,一冲高天一寻虫。

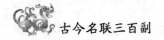

七、月亮和萤火虫

借着太阳的光,炫耀自己的灿烂;

离开太阳,只剩一片黑暗。

用你生命之火,照亮奋斗的路程;

依靠自己,前途总是光明。

八、萤火虫

黑夜一闪闪,点燃生命灯。

只亮一点点,不肯暗中生。

九、青年与老年

春天显春天的活泼,冬天有冬天的严厉;

绿叶呈绿叶的生机,红叶有红叶的美丽。

青年显青年的浪漫,老年有老年的睿智。

人生每段各有特色,岂能各样求其同一?

十、长城

为拒外敌保江山,百万尸骨血筑成。

蒙骑清军未挡住,纵然万里负盛名。

图书在版编目(CIP)数据

古今名联三百副/刘志民编著.——哈尔滨:黑龙江
人民出版社,2018.6(2021.5重印)
ISBN 978-7-207-11377-1

Ⅰ.①古… Ⅱ.①刘… Ⅲ.① 对联-作品选-中国
Ⅳ.①I269

中国版本图书馆CIP数据核字(2018)第140872号

责任编辑:姜海霞
封面设计:胡秀杰

古今名联三百副

刘志民 编著

出版发行	黑龙江人民出版社
地　　址	哈尔滨市南岗区宣庆小区1号楼
邮政编码	150008
电话传真	www.longpress.com
电子邮箱	hljrmcbs@yeah.net
印　　刷	北京一鑫印务有限责任公司
开　　本	880×1230　1/32
印　　张	6.875
字　　数	160千字
版　　次	2018年8月第1版　2021年5月第2次印刷
书　　号	ISBN 978-7-207-11377-1
定　　价	25.00元

版权所有 侵权必究　举报电话:(0451)82308054
法律顾问:北京市大成律师事务所哈尔滨分所律师赵学利、赵景波